Gröls Verlage

„Bücher sind wie Fallschirme. Sie nützen uns nichts, wenn wir sie nicht öffnen."

Gröls Verlag

Redaktionelle Hinweise und Impressum

Das vorliegende Werk wurde zugunsten der Authentizität sehr zurückhaltend bearbeitet. So wurden etwa ursprüngliche Rechtschreibfehler *nicht* systematisch behoben, denn kleine Unvollkommenheiten machen das Buch – wie im Übrigen den Menschen – erst authentisch. Mitunter wurden jedoch zum Beispiel Absätze behutsam neu getrennt, um den Lesefluss zu erleichtern.

Um die Texte zu rekonstruieren, werden antiquarische Bücher von Lesegeräten gescannt und dann durch eine Software lesbar gemacht. Der so entstandene Text wird von Menschen gegengelesen und korrigiert – hierbei treten auch Fehler auf. Wenn Sie ebenfalls antiquarische Texte einreichen möchten, finden Sie weitere Informationen auf www.groels.de

Viel Freude bei der Lektüre wünscht Ihnen das Team des Gröls-Verlags.

Adressen

Verleger: Sophia Gröls, Im Borngrund 26, 61440 Oberursel

Externer Dienstleister für Distribution & Herstellung: BoD, In de Tarpen 42, 22848 Norderstedt

Unsere „Edition | Werke der Weltliteratur“ hat den Anspruch, eine der größten und vollständigsten Sammlungen klassischer Literatur in deutscher Sprache zu sein. Nach und nach versammeln wir hier nicht nur die „üblichen Verdächtigen“ von Goethe bis Schiller, sondern auch Kleinode der vergangenen Jahrhunderte, die – zu Unrecht – drohen, in Vergessenheit zu geraten. Wir kultivieren und kuratieren damit einen der wertvollsten Bereiche der abendländischen Kultur. Kleine Auswahl:

Francis Bacon • Neues Organon • **Balzac** • Glanz und Elend der Kurtisanen • **Joachim H. Campe** • Robinson der Jüngere • **Dante Alighieri** • Die Göttliche Komödie • **Daniel Defoe** • Robinson Crusoe • **Charles Dickens** • Oliver Twist • **Denis Diderot** • Jacques der Fatalist • **Fjodor Dostojewski** • Schuld und Sühne • **Arthur Conan Doyle** • Der Hund von Baskerville • **Marie von Ebner-Eschenbach** • Das Gemeindekind • **Elisabeth von Österreich** • Das Poetische Tagebuch • **Friedrich Engels** • Die Lage der arbeitenden Klasse • **Ludwig Feuerbach** • Das Wesen des Christentums • **Johann G. Fichte** • Reden an die deutsche Nation • **Fitzgerald** • Zärtlich ist die Nacht • **Flaubert** • Madame Bovary • **Gorch Fock** • Seefahrt ist not! • **Theodor Fontane** • Effi Briest • **Robert Musil** • Über die Dummheit • **Edgar Wallace** • Der Frosch mit der Maske • **Jakob Wassermann** • Der Fall Maurizius • **Oscar Wilde** • Das Bildnis des Dorian Grey • **Émile Zola** • Germinal • **Stefan Zweig** • Schachnovelle • **Hugo von Hofmannsthal** • Der Tor und der Tod • **Anton Tschechow** • Ein Heiratsantrag • **Arthur Schnitzler** • Reigen • **Friedrich Schiller** • Kabale und Liebe • **Nicolo Machiavelli** • Der Fürst • **Gotthold E. Lessing** • Nathan der Weise • **Augustinus** • Die Bekenntnisse des heiligen Augustinus • **Marcus Aurelius** • Selbstbetrachtungen • **Charles Baudelaire** • Die Blumen des Bösen • **Harriett Stowe** • Onkel Toms Hütte • **Walter Benjamin** • Deutsche Menschen • **Hugo Bettauer** • Die Stadt ohne Juden *und viele mehr….*

Jack London

Ruf der Wildnis

Inhalt

Kapitel 1. - In die Wildnis

Buck las keine Zeitung, sonst hätte er gewußt, daß sich Unheil zusammenbraute, nicht nur für ihn selbst, sondern für jeden Hund, der starke Muskeln und langes, dichtes Haar hatte. Die Menschen hatten sich in die arktische Dunkelheit vorgewagt und ein gelbes Metall gefunden; und seitdem Schiffs-und Eisenbahngesellschaften begannen, auch diese öden Gegenden zu erschließen, zog es Tausende von Männern in das Nordland. Und diese Männer brauchten Hunde, Hunde mit kräftigen Knochen und dichtem Haar, die auch bei der bittersten Kälte den größten Anstrengungen gewachsen waren.

Bucks Heimat war ein großes Haus im sonnendurchfluteten Tal von Santa Clara. Es lag ein wenig abseits der Straße, halb versteckt unter Bäumen, durch die man die luftige Veranda sehen konnte, die rings um das stattliche Haus lief. Zwischen grünen Rasenflächen führte ein kiesbestreuter Weg gerade darauf zu. Hinter dem Haus lagen die weinumrankten Wohnungen der Dienerschaft, die Wirtschaftsgebäude und große Pferdestallungen, langgestreckte Laubengänge, Obstgärten und daran anschließend ausgedehnte Weideplätze. Es gab eine Pumpanlage für den Springbrunnen und ein großes Wasserbecken, in dem die Söhne des Farmers ihr Morgenbad nahmen oder sich an heißen Nachmittagen abkühlten.

Und über dieses große Reich herrschte Buck. Hier wurde er geboren, und hier verbrachte er die ersten vier Jahre seines Lebens. Freilich, es gab auf Millers Farm noch andere Hunde, wie es sich für einen so großzügigen Betrieb schickte, aber sie zählten nicht viel. Sie kamen und gingen, bevölkerten die Zwinger oder hielten sich im Haus auf, wie Toot, der dicke japanische Mops, oder Bella, der winzigkleine mexikanische Pinscher, seltsame Wesen, die kaum ihre Nasen zur Tür heraussteckten. Miller besaß auch noch etwa zwanzig Terrier, eine freche Gesellschaft, die drohend kläffte, sobald sie Toot und Bella am Fenster erblickte. Sie trieben es manchmal so arg, daß die Dienstmädchen sich mit Besenstielen bewaffneten und eingriffen, um Ordnung zu schaffen.

Buck aber war weder ein Haus-noch ein Kettenhund. Er war der Herr des ganzen Reiches. Er schwamm mit den Söhnen des Pflanzers im Wasserbecken oder ging mit ihnen auf die Jagd. Er begleitete Mollie und Alice, die beiden Töchter, auf ihren langen Streifzügen, und an den Winterabenden lag er zu Millers Füßen vor dem lodernden Kaminfeuer der Bibliothek. Er ließ die Enkelkinder auf seinem breiten Rücken reiten, balgte sich mit ihnen im Gras herum oder behütete ihre Schritte auf den Entdeckungsreisen durch die Ställe, den Park und die Obstgärten. Mit den Allüren eines Königs schritt er durch die Meute der anderen Hunde, und die beiden Schoßhündchen beachtete er überhaupt nicht, er, der Herrscher über alles.

Schon sein Vater Elmo, ein riesiger Bernhardiner, war der unzertrennliche Gefährte seines Herrn gewesen, und Buck versprach, seinem Vater in allen Dingen nachzugeraten. So groß wie er war er freilich nicht – er wog nur hundertvierzig Pfund –, denn seine Mutter war eine schottische Schäferhündin gewesen. Aber sein stolzes, würdevolles Benehmen glich die fehlende Größe aus, und wenn er so mit erhobenem Haupt herumstolzierte, war jeder Zoll an ihm adelig.

Und in der Tat, die ersten vier Jahre seines Lebens verbrachte er wie ein Edelmann. Trotzdem wurde aus ihm kein verzärtelter Haushund, dafür sorgten die Jagd und andere Spiele im Freien, die ihn nicht nur davor bewahrten, Fett anzusetzen, sondern ihm auch zu kräftigen Muskeln verhalfen.

So war die Lage, als im Herbst des Jahres 1897 die großen Goldfunde in Klondike Männer aus allen Ländern der Welt nach dem Norden lockten. Da aber Buck, wie gesagt, keine Zeitung las, so erfuhr er von alldem nicht das geringste. Leider wußte er auch nicht, daß Manuel, der Gärtnergehilfe, keine sehr wünschenswerte Bekanntschaft für ihn war. Manuel hatte eine unglückliche Eigenschaft: er spielte. Und da er nach einem bestimmten System spielte, das selten gewann, brauchte er Geld, viel Geld, und sein Lohn als Hilfsgärtner reichte nie aus.

Ein Abend, an dem sein Herr einer Versammlung beiwohnte und die Söhne die Gründung eines Sportklubs berieten, wurde Buck zum Verhängnis. Niemand hörte, wie Manuel Buck zu sich rief, und kein Mensch bemerkte es, wie er mit ihm über die Felder ging, als wollte er einen kleinen Spaziergang unternehmen. Auch Buck glaubte an nichts anderes. Ebensowenig sah es jemand, daß aus dem Schatten des kleinen

Bahnhofsgebäudes ein Mann hervortrat, mit Manuel einige Worte wechselte und ihm Geld in die Hand drückte.

„Du hättest die Ware gleich anständig verpacken können“, brummte der Mann mürrisch. Manuel zog einen festen Strick aus der Tasche und legte ihn Buck um den Hals.

„Zieh nur fest an, dann wird ihm der Atem schon ausgehen“, riet Manuel, und der Unbekannte grinste zustimmend.

Buck hatte alles mit ruhiger Würde über sich ergehen lassen. Recht war es ihm freilich nicht, aber er hatte gelernt, den Menschen zu vertrauen und ihnen Kenntnisse zuzubilligen, die seine eigenen übertrafen. Als jedoch Manuel die Enden des Strickes in die Hände des Fremden legte, knurrte er drohend. Er wollte damit bloß sein Mißfallen zum Ausdruck bringen, weiter nichts. Er wollte nur zeigen, daß er mit fremden Leuten nichts zu tun haben mochte. Doch zu seinem peinlichen Erstaunen schnürte sich der Strick um seinen Hals zusammen und raubte ihm den Atem. Wütend sprang er den Mann an, der aber packte ihn an der Gurgel und warf ihn zu Boden. Buck zerrte verzweifelt an dem Strick, vergebens, immer fester zog sich die Schlinge um seinen Hals zusammen, seine Zunge hing weit heraus, und die mächtige Brust hob und senkte sich keuchend. Nie in seinem Leben war er so niederträchtig behandelt worden, und noch niemals hatte er eine solche Wut gefühlt. Aber seine Kraft ließ nach, und seine Augen wurden glasig. Er sah nicht mehr, daß der Zug kam und anhielt, und er spürte nicht, daß man ihn in den Gepäckwagen warf.

Als er wieder zu sich kam, fühlte er ein sonderbares Rütteln. Der heisere Pfiff einer Lokomotive sagte ihm, wo er war, denn er hatte schon öfters mit seinem Herrn Reisen unternommen und er kannte auch das Rütteln und Schütteln in einem Gepäckwagen. Buck öffnete langsam seine Augen und sah um sich mit dem zornigen Blick eines geraubten Königs. Der Mann neben ihm griff hastig nach dem Strick, aber Buck war schneller als er. Seine Zähne gruben sich tief in die Hand des Mannes ein und ließen sie erst wieder los, als die Schlinge ihm erneut die Besinnung raubte.

„Er hat Anfälle!“ sagte der Mann und verbarg seine verletzte Hand vor dem Wagenmeister, der durch den Lärm des Kampfes aufmerksam geworden war. „Ich bring’ ihn im Auftrag seines Herrn nach Frisco. Der Narr von einem Hundedoktor dort glaubt, er könne ihn kurieren. Lumpige fünfzig kriege ich dafür neben der Fahrt. Ich würd’s kein zweites Mal machen, nicht für fünfhundert!“

Er umwickelte seine Hand mit einem schmutzigen Taschentuch und sah mit Bedauern auf seine bis zu den Knien aufgeschlitzte Hose hinab.

„Wenn nur keine Tollwut daraus wird!“ meinte er ängstlich.

„Wird schon nicht“, lachte der Wagenmeister, „aber nun los, wir können den Hund hier nicht liegen lassen.“

Halb betäubt durch den unerträglichen würgenden Schmerz in der Kehle versuchte Buck trotzdem, sich seinen Peinigern entgegenzustellen, aber er wurde niedergeworfen und in einen käfigähnlichen Verschlag gestoßen, nachdem man den Strick von seinem Hals gelöst hatte.

Hier lag er nun für den Rest der Nacht, geladen mit Groll und verletztem Stolz. Er konnte nicht verstehen, was das alles bedeuten sollte. Was hatten sie mit ihm vor, diese fremden Männer? Warum hielten sie ihn in diesem Käfig eingeschlossen? Er fühlte dumpf, daß ihm ein großes Unglück bevorstand. Jedesmal wenn die große Schiebetür in ihren Angeln kreischte, glaubte er, daß sein Herr oder dessen Kinder hereintreten würden. Aber stets war es nur das aufgedunsene Gesicht des Wagenmeisters, der ihn im flackernden Schein der Laterne anstarrte, und sein freudiges Bellen verwandelte sich jedesmal in ein wildes Knurren.

Erst bei Morgengrauen hielt der Zug, und vier Männer stiegen ein, zerrissene und ungepflegte Kerle. Noch mehr Quälgeister, dachte Buck und sprang wütend gegen die Latten des Verschlages, aber sie lachten nur, steckten ihre Stöcke in den Käfig und stießen nach ihm. Er schnappte nach ihren Prügeln, bis er daraufkam, daß es gerade das war, worauf sie warteten, und daß sie daran ihren Spaß hatten.

Da legte er sich trotzig nieder, und als die Männer den Käfig aufhoben und forttrugen, wehrte er sich nicht mehr. Nach vielen Stunden, es war schon Abend, brachte man ihn auf ein Fährboot, das einen Fluß übersetzte, von dort verlud man ihn wieder in den Gepäckwagen eines Schnellzuges, wo er zwischen vielen Kisten und Koffern verstaut wurde. Zwei Tage und zwei Nächte dauerte die Fahrt im Schnellzug, und zwei Tage und zwei Nächte erhielt Buck weder zu fressen noch zu trinken. In seiner Verzweiflung hatte er die ersten Annäherungsversuche der Bahnangestellten mit bösem Knurren beantwortet, und sie vergalten es ihm mit Spott und schlechter Pflege. Wenn er sich bebend und schäumend vor Wut gegen die Stangen warf, lachten sie ihn aus und reizten ihn. Sie bellten wie elende Hunde oder miauten wie Katzen, schlugen mit den Armen und krähten. Buck wußte, daß sie ihn mit diesen Albernheiten nur reizen wollten, aber gerade deshalb fühlte er sich in seiner Ehre gekränkt, und sein hilfloser Zorn wuchs und wuchs. Der Hunger wäre noch zu ertragen gewesen, aber er litt unter dem quälenden Durst. Seine geschundene, aufgeschwollene Zunge entzündete sich, und Fieber schüttelte ihn.

Eines aber tröstete ihn: Der Strick von seinem Nacken war weg! Der Strick hatte seinen Feinden einen unfairen Vorteil verschafft, jetzt aber, da er weg war, würde er es ihnen allen zeigen!

In diesen zwei Tagen und Nächten, in denen er nichts zu fressen und nichts zu trinken erhielt, sammelte sich ein dumpfer, wilder Zorn in ihm an, der zum Ausbruch kommen mußte und jenem, der ihm als erster gegenübertrat, Unheil verhieß. Seine Augen wurden blutunterlaufen, und er verwandelte sich in einen rasenden Bösewicht. So sehr verändert sah er aus, daß selbst sein Herr ihn nicht wiedererkannt hätte.

Die Bediensteten waren froh und atmeten erleichtert auf, als er am Morgen des dritten Tages in Seattle ausgeladen wurde. Vier Männer trugen den Holzverschlag behutsam in einen von hohen Mauern umgebenen Hinterhof. Ein kräftiger, untersetzter Mann in einem roten, am Hals etwas zu weiten Sweater kam ihnen entgegen, nahm den Leuten den Frachtschein ab und bestätigte den Empfang. Und Buck fühlte, daß dieser Mann der nächste Peiniger war. Mit gesträubten Rückenhaaren warf er sich gegen die Latten seines Gefängnisses. Der Mann lächelte nur höhnisch und holte ein Beil und einen starken Stock.

„Ihr wollt ihn doch nicht etwa herauslassen?“ fragte einer der Männer.

„Gewiß!“ entgegnete der Rote und trieb das Beil in die Kiste, um eine Öffnung zu schaffen.

Im Nu war der Platz wie leergefegt. Von einer hohen Mauer aus warteten die Zuschauer neugierig auf das kommende Schauspiel.

Buck stürzte sich auf das splitternde Holz und verbiß sich darin. Sooft die Axt eine Latte losgelöst hatte, versuchte er den Mann anzugehen, der ruhig weiterarbeitete, bis die Öffnung groß genug war.

„Heraus mit dir, du rotäugiger Teufel!“ rief er, ließ das Beil fallen und faßte den Stock mit der rechten Hand.

Wahrhaftig, Buck sah wie ein Teufel aus, als er, die Haare gesträubt, Schaum vor dem Mund und ein irres Leuchten in seinen blutunterlaufenen Augen, zum Sprung ansetzte. Pfeilgerade schnellte er seine mit Haß und Leidenschaft vollgestopften hundertvierzig Pfund gegen seinen Widersacher. Mitten im Sprung, gerade als er seine gewaltigen Zähne in den Hals des Mannes verbeißen wollte, erhielt er einen Schlag, wie er ihn noch nie gefühlt hatte. Seine Kiefer schlossen sich knirschend, er taumelte und fiel auf den Rücken. Noch nie in seinem Leben hatte ihn jemand mit einem Knüppel niedergeschlagen, er verstand nicht, was mit ihm geschehen war. Mit einem Aufheulen, das eher dem Fauchen eines Raubtieres als dem Bellen eines Hundes glich, sprang er auf und griff wieder an. Noch einmal traf ihn dieser entsetzliche Schlag, der ihn niederwarf, und er wußte nun, daß es der Knüppel war, aber seine Raserei ließ ihn jede Vorsicht vergessen. Ein dutzendmal noch setzte er zum Angriff an, und ebensooft schmetterte ihn der Stock zu Boden.

Nach einem besonders kräftigen Schlag erhob er sich mühsam, zu betäubt, um nochmals zu springen. Er taumelte kraftlos umher, Blut floß aus Nase, Maul und Ohren, und sein schönes Fell wurde mit blutigem Geifer besudelt. Der Rote kam näher und versetzte ihm wohlüberlegt einen furchtbaren Hieb auf die Schnauze. Alles, was Buck bisher erduldet hatte, war nichts im Vergleich zu der ausgesuchten Pein dieses Schlages. Mit einem fast löwenähnlichen Aufbrüllen warf er sich wieder auf den Mann. Der Rote ließ den Stock fallen, packte den Hund mit beiden Händen kaltblütig am Unterkiefer und schleuderte ihn hin und her und warf ihn mit solcher Gewalt auf die Erde, daß Buck bewußtlos liegenblieb.

Von der Mauer her ertönte Beifall.

„Zum Donnerwetter, der versteht sein Geschäft!“ schrie einer der Männer enthusiastisch.

Buck kam bald wieder zu sich, aber er hatte keine Kraft mehr. Er blieb liegen, wo er niedergefallen war, und belauerte den Mann mit dem roten Sweater, der nun einen Brief in der Hand hielt und ihn aufmerksam durchlas.

„Hört auf den Namen Buck", murmelte er halblaut vor sich hin, faltete das Schreiben zusammen und ließ es in seiner Tasche verschwinden.

„Also Buck heißt du, alter Knabe", fuhr er mit freundlicher Stimme fort, „wir haben unseren kleinen Auftritt gehabt, und das beste, was wir tun können, ist, es dabei zu belassen. Du kennst nun deinen Platz, und ich kenne meinen. Sei ein braver Hund, dann ist alles in Ordnung. Bist du ein böser Hund, dann räum' ich dir das Wilde 'runter. Verstanden?"

Er tätschelte beim Sprechen furchtlos den Schädel, auf den er so mitleidlos eingehämmert hatte. Bucks Haare sträubten sich zwar bei der Berührung durch seinen Peiniger, er blieb aber still liegen und trank auch das Wasser, das ihm der Mann hinstellte, und verschlang gierig die Fleischstücke, die ihm die Hand reichte, die vordem so erbarmungslos zugeschlagen hatte.

Er war besiegt, das wußte er, aber sein Stolz war nicht gebrochen. Er hatte gelernt, daß er gegen einen Mann mit einem Stock nichts ausrichten konnte, und er sollte diese Lehre sein ganzes Leben nicht vergessen.

Die Tage vergingen, und immer mehr Hunde bevölkerten den kleinen, mit Mauern umgebenen Hof. Manche kamen wie er in Käfigen an, andere wurden an der Leine geführt, manche zahm und ergeben, manche rasend und heulend wie er, aber alle mußten sich der Herrschaft des Mannes im roten Sweater beugen. Jedesmal wenn Buck bei einem dieser brutalen Schauspiele zusah, wurde ihm die Lehre eingehämmert: Ein Mann mit einem Prügel ist ein Gesetzgeber, ein Herr, dem man gehorchen muß, dem man aber nicht zu schmeicheln braucht. Dieser Charakterschwäche machte sich Buck nie schuldig, obwohl es besiegte Hunde gab, die den Mann umwarben, mit dem Schwanz wedelten und seine Hand leckten. Aber Buck sah auch einen Hund, der sich nicht unterwerfen wollte und der schließlich im Kampf mit dem Mann um die Oberhand erschlagen wurde.

Dann und wann kamen auch Männer, Fremde, die erregt und in allen möglichen Sprachen auf den Mann im roten Sweater einredeten. Und jedesmal wenn Geld in seine Hand gedrückt wurde, nahmen die Fremden einen oder mehrere Hunde mit. Keiner von ihnen kehrte wieder zurück, und Buck hätte nur zu gerne wissen wollen, wohin man sie führte. Dennoch freute er sich jedesmal, wenn nicht er an die Reihe kam, denn er hatte Furcht vor einer Zukunft, die nichts Gutes verhieß.

Aber auch seine Zeit kam, und zwar in der Gestalt eines kleinen, dürren Mannes, dessen Englisch kaum verständlich war und der mit Ausdrücken herumwarf, die Buck gänzlich unbekannt waren.

„Gott verdamm mich!“ schrie er, als er Buck zu Gesicht bekam, „das ist eine feine Riesenhund. Wieviel kostet er?“

„Dreihundert, und geschenkt ist er!“ war die prompte Antwort des Roten. „Seid nicht schäbig, Perrault! Es geht nicht aus Eurer Tasche und ist obendrein ein lohnendes Geschäft.“

Perrault grinste. Die Hundepreise waren durch die ungewöhnliche Nachfrage in die Höhe geschnellt, und dreihundert waren keine übermäßige Summe für ein so schönes Tier. Bei diesem Handel war die kanadische Regierung kein Verlierer und ihre Kuriere würden um so schneller vorwärtskommen. Perrault verstand etwas von Hunden, und als er Buck anschaute, wußte er, daß er der Beste unter Tausenden war. „Einer unter Zehntausenden“, wiederholte er bei sich.

Wieder erhielt der Rote Geld in die Hand gedrückt, und Buck war gar nicht erstaunt, als Curly, eine gutmütige Neufundländerin, und er von dem kleinen, mageren Mann weggeführt wurden. Er sollte den Mann mit dem roten Sweater niemals wiedersehen, und als er vom Deck der „Narwhal“ auf das entschwindende Seattle blickte, nahm er auch von dem sonnigen Süden für alle Zeiten Abschied.

Perrault schaffte die beiden Hunde ins Zwischendeck und übergab sie dort einem schwarzhaarigen Riesen, der François hieß. Perrault war dunkelhäutig, aber François, ein Halbblut, war noch dunkelhäutiger, beinahe schwarz. Es war eine neue Art von Menschen für Buck, und er sollte noch viele ihrer Art kennenlernen. Er empfand für sie keine besondere Zuneigung, aber er lernte sie schätzen. Er erkannte bald, daß Perrault und François richtige Männer waren, besonnen und gerecht und zu erfahren mit den Schlichen der Hunde, um von ihnen zum besten gehalten zu werden.

Auf dem Zwischendeck der „Narwhal“ kamen Buck und Curly noch mit zwei anderen Hunden zusammen. Der eine von ihnen war ein großer, schneeweißer Kerl aus Spitzbergen, der früher dem Kapitän eines Walfängers gehört und schon eine geologische Vermessungsexpedition in die Arktis begleitet hatte. Er war freundlich, aber heimtückisch, und wenn er am liebenswürdigsten war, sann er über irgendeine Lumperei nach. Gleich bei der ersten Mahlzeit stahl er aus Bucks Schüssel einen großen Fleischbrocken. Ehe sich Buck wehren konnte, sauste schon François’ Peitsche durch die Luft und traf den Rücken des Übeltäters, und Buck konnte sich seinen Knochen wieder zurückholen. Das war von François sehr, sehr anständig, fand er, und das Halbblut begann in seiner Achtung zu steigen.

Der andere Hund, der noch da war, duldete keine Annäherung, war aber auch nicht darauf aus, den Neulingen etwas zu stehlen. Er war ein düsterer, mürrischer, in sich gekehrter Bursche, dem es am liebsten war, ungeschoren zu bleiben. Curly, die diesen Wunsch nicht respektierte und versuchte, sich anzubiedern, bekam ihn sofort von der unangenehmsten Seite zu spüren. Er wurde Dave genannt. Er fraß, schlief oder gähnte und kümmerte sich um nichts. Selbst als die „Narwhal“ beim Überqueren des Königin-Charlotte-Sunds rollte, stampfte und bockte wie ein wildes Pferd und Buck und Curly halb wahnsinnig vor Angst außer sich gerieten, hob er nur verärgert seinen Kopf, blickte mürrisch um sich, gähnte und schlief weiter.

Tag und Nacht stampfte das Schiff nach dem Takt der Maschine; ein Tag war wie der andere, aber Buck merkte ganz deutlich, daß die Luft rauher und kälter wurde. Eines Tages stand die Schiffsschraube still, und auf der „Narwhal" machte sich ein aufgeregtes Durcheinander bemerkbar. Die Hunde fühlten, daß es mit dem Einerlei des Bordlebens zu Ende war. François koppelte sie an und brachte sie an Deck. Beim ersten Schritt an Land sanken Bucks Füße in ein weiches, weißes Etwas, das fast wie Schlamm war. Schnaubend sprang er zurück. Auch vom Himmel fiel dieses weiße Zeug herab, und je mehr er versuchte, es abzuschütteln, desto mehr fiel auf ihn herunter. Er schnupperte neugierig daran herum und beleckte es vorsichtig mit der Zunge. Zuerst biß es wie Feuer, aber im nächsten Augenblick war es nicht mehr da. Das verwirrte ihn. Die Zuschauer brüllten vor Vergnügen, und Buck begann sich zu schämen. Er verstand nicht, warum sie lachten. Woher sollte er auch wissen, daß es Schnee war?

Kapitel 2. - Das Recht des Stärkeren

Der erste Tag auf dem Strand von Dyea war für Buck ein böser Alptraum. Was er sah, versetzte ihn in Erschrecken oder verblüffte ihn. Ohne Übergang war er von einem Leben in der Zivilisation in das der Wildnis geworfen worden. Das war kein träges, beschauliches Leben im Sonnenschein, hier gab es weder Ruhe noch Rast und keine persönliche

Sicherheit. In jedem Augenblick drohte eine Gefahr. Man mußte ständig auf der Hut sein, denn hier herrschte weder Recht noch Sitte.

Die Hunde waren keine Stadthunde und die Männer keine Stadtleute. Sie waren Wilde, die nur das Recht des Stockes und der Peitsche anerkannten. Nie hätte er solche Kämpfe für möglich gehalten, wie sie sich hier abspielten, und nie würde er den Tag vergessen, an dem er zum erstenmal einem solchen Kampf zusehen mußte, dem Curly zum Opfer fiel. Die Lehre, die er daraus zog, blieb ihm unvergeßlich.

Sie lagerten in der Nähe eines großen Holzstoßes, als Curly in ihrer freundlichen Art an einem Wolfshund herumschnüffelte. Ohne Warnung, ohne Knurren machte der Köter einen blitzartigen Satz, ein metallisches Zuschnappen der Zähne folgte, und Curlys Schnauze war von den Augen bis zum Kiefer aufgerissen.

Dieses blitzschnelle Zuschlagen entsprach der Kampfesweise der Wölfe, ebenso der weitere Verlauf des Streites. Dreißig oder vierzig Huskies, so hießen die zottigen Polarhunde, kamen herbeigelaufen und umkreisten schweigend mit einem gierigen Ausdruck die Kämpfenden.

Buck verstand nicht, was sie wollten, begriff nicht diese schweigende Erwartung. Curly sprang in heller Wut auf ihren Gegner los, der aber geschickt auswich, gleichzeitig aber doch Gelegenheit fand, sie wieder zu beißen. Nochmals griff Curly an, und nochmals verstand der Wolfshund sich zu decken, dann warf er sich so kräftig auf Curly, daß diese das Gleichgewicht verlor, taumelte und zu Boden fiel. Sie kam nicht mehr hoch. Darauf hatten die Huskies gewartet. Sie stürzten sich heulend über sie her, und die Hündin wurde, vor Schmerz jaulend, unter einem Knäuel struppiger Hundeleiber begraben.

So plötzlich und unerwartet war dies alles geschehen, daß Buck der Atem wegblieb. Er sah, wie Spitz voll Schadenfreude seine scharlachrote Zunge herausstreckte, er sah, wie François eine Axt ergriff und in die kämpfende Meute sprang. Drei Männer, mit Knütteln bewaffnet, halfen ihm, sie auseinander zu treiben. Nach ein paar Minuten war der Platz leergefegt, nur Curly lag schlaff und leblos, eine blutige Masse, auf dem weißen, zertrampelten Schnee, buchstäblich in Stücke zerrissen. Das Halbblut stand daneben und fluchte wütend.

Buck konnte diesen Anblick niemals mehr vergessen, selbst im Traum noch wurde er von ihm verfolgt. Jetzt wußte er, wie es hier war: keine Ritterlichkeit, kein ehrliches Spiel. Wer am Boden lag, kam nicht mehr auf, war erledigt. Sich nicht unterkriegen zu lassen, das war die Hauptsache. Spitz stand noch immer da, ließ seine Zunge heraushängen, und Schadenfreude glänzte aus seinen Augen. Von diesem Augenblick an haßte ihn Buck mit einem bitteren, nie endenden Groll. Spitz hatte einen Todfeind erhalten.

Noch ehe Buck sich von dem schrecklichen Ende Curlys erholt hatte, wurde er aufs neue beunruhigt. François schnallte ihm wie einem Pferd Riemen und Seile an. Und wie ein Pferd spannte man ihn mit den anderen Hunden vor einen Schlitten. Er mußte François in den Wald ziehen und mit einer Ladung Brennholz zurückkehren. Er war zum Arbeitstier geworden. Seine Würde war schwer verletzt, aber er war zu klug, sich dagegen aufzulehnen. Er unterwarf sich und tat sein Bestes, obwohl ihm alles neu und fremd war. François war ein strenger Herr und verlangte unbedingten Gehorsam, den er sich mit seiner Peitsche verschaffte.

Dave war ein erfahrener Zughund und schnappte sofort nach Buck, wenn dieser etwas falsch machte, während Spitz, der als Leithund ganz vorne ging, nur drohend knurrte oder sich so geschickt mit seinem Gewicht in die Stange warf, daß Buck in die richtige Spur zurückgezogen wurde. Buck lernte leicht, und unter der Aufsicht seiner Kameraden und des Halbblutes machte er schnell Fortschritte. Nach seiner ersten Fahrt schon wußte er, daß er bei „Brr!“ stehenbleiben, bei „Hüh!“ anziehen mußte. Er lief die Kurven in einem großen Bogen aus und hielt sich von den Kufen fern, wenn der beladene Schlitten bergab schoß.

„Drei sehr gute Hunde“, sagte François zu Perrault. „Dieser Buck, er zieht wie der Teufel. Ick lehre ihm so schnell wie nur etwas.“

Nachmittags brachte Perrault, der es mit der Abreise sehr eilig hatte, noch zwei Hunde. Billie und Joe hießen sie, zwei Brüder und richtige Eskimohunde.

Obwohl Söhne derselben Mutter, unterschieden sie sich wie Tag und Nacht. Billies größter Fehler war seine übermäßige Gutmütigkeit, während Joe gerade das Gegenteil war, unfreundlich und verdrossen. Er knurrte ständig und hatte einen bösen Blick. Buck nahm sie als Kameraden auf, Dave beachtete sie nicht, Spitz ging sofort daran, ihnen seine Führerschaft zu zeigen. Billie kam ihm schwanzwedelnd entgegen, aber als sich die scharfen Zähne von Spitz in seine Flanken gruben, suchte er jaulend das Weite. Bei Joe versagte diese Methode, und als ihn Spitz umkreiste, wirbelte er herum und bot ihm keine Blöße. Er zeigte seine Zähne, sträubte das Fell, legte die Ohren zurück und knurrte wütend. Seine Augen funkelten so angriffslustig, daß sich Spitz zurückzog, sich dafür aber an dem harmlosen Billie schadlos hielt.

Gegen Abend führte Perrault noch einen Hund herbei, einen alten Husky, lang, hager und dürr, über und über mit Narben bedeckt, mit nur einem Auge, das so furchtlos blickte wie zwei gesunde.

Er hieß Solleks, der Brummige, und diesen Namen trug er mit Recht. Wie Dave verlangte er nichts, er gab nichts und erwartete auch nichts. Und als er sich langsam und bedächtig in ihrer Mitte niederließ, ließ ihn sogar Spitz in Frieden.

Er hatte eine Eigentümlichkeit, und Buck hatte das Pech, als erster damit Bekanntschaft zu machen. Er konnte es nicht vertragen, wenn jemand auf seiner blinden Seite auf ihn zukam. Dieses Vergehens machte sich Buck, ohne es zu wissen, schuldig. Erst als Solleks auf ihn loswirbelte und seine Schulter drei Zoll lang aufschlitzte, dämmerte ihm diese Erkenntnis auf. Nachher vermied Buck stets seine blinde Seite und hatte bis ans Ende ihrer Kameradschaft keine Unannehmlichkeiten mehr. Solleks wollte wie Dave in Ruhe gelassen werden, aber beide besaßen noch einen ganz besonderen Ehrgeiz, wie Buck später entdecken sollte.

In seiner ersten Nacht wußte Buck nicht, wo er schlafen sollte. Das vom Kerzenlicht erleuchtete Zelt lag friedlich und einladend inmitten der weißen Ebene, aber als er hineinging, wurde er von Perrault und François mit Flüchen und Kochgeschirr bombardiert, und er mußte schmählich in die Nacht hinausfliehen. Ein eisiger Wind blies durch und durch und biß schneidend in seine Wunde an der Schulter. Er legte sich im Schnee nieder und versuchte zu schlafen, aber die Kälte trieb ihn bald wieder auf die Beine. Am ganzen Leib durchfroren, wanderte er elend und verlassen zwischen den Zelten umher, aber jeder Platz war genauso kalt wie der andere. Da und dort stürzten sich fremde Hunde auf ihn, doch wenn er seine Rückenhaare sträubte und sie anknurrte, ließen sie von ihm ab.

Schließlich kam er auf eine Idee: Er wollte zurückgehen und sehen, wie sich seine Schlittengefährten mit der Kälte abgefunden hatten. Aber er fand sie nirgends. Er durchwanderte wieder das ganze Lager, aber er entdeckte nicht die kleinste Spur von ihnen. Waren sie im Zelt? Nein, dort waren sie nicht, denn sonst hätte man ihn nicht hinausgeworfen. Wo aber konnten sie nur sein? Mit hängender Rute und frostdurchschauertem Körper, sehr verloren und verlassen, umkreiste er ziellos das Zelt. Plötzlich gab der Schnee unter seinen Vorderbeinen nach, und er sank ein. Seine Haare sträubten sich, und er sprang knurrend zurück. Zutiefst erschrocken vor dem verborgenen Unbekannten machte er sich zum Angriff bereit. Ein kurzes, freundliches Kläffen beruhigte ihn aber, und er trat neugierig näher. Ein warmer Hauch stieg in seine Nase, und das schwarze Knäuel unter ihm entpuppte sich als Billie, der sich behaglich in den Schnee eingebuddelt hatte. Nun winselte er besänftigend, wedelte mit dem Schwanz und wagte es sogar, Bucks Schnauze mit seiner warmen, feuchten Zunge zu belecken.

Buck hatte wieder etwas Neues gelernt. So also wurde es gemacht! Er wählte sich nun ebenfalls ein Plätzchen aus, und mit viel Kraftvergeudung ging er umständlich daran, sich ein Loch zu graben. Dann legte er sich hinein, rollte sich wie ein Igel zusammen, und als seine Körperwärme den Raum ausgefüllt hatte, schlief er ein. Der Tag war anstrengend gewesen, und er schlief tief und fest und warm, aber Träume quälten ihn, und er knurrte und stöhnte.

Es war heller Morgen, als ihn der Lärm im Lager weckte. In der Nacht hatte es geschneit, und eine hohe Schicht Schnee bedeckte ihn. Er wußte nicht, wo er war. Er war in seinem Loch von weißen Wänden eingeschlossen, und eine panische Angst ergriff ihn, die Angst jedes wilden Tieres vor einer Falle.

Zum erstenmal wurden die uralten Instinkte seiner Ahnen in ihm wach, denn er war ein zivilisierter Hund, ein überzivilisierter sogar, der aus eigener Erfahrung keine Falle kannte und daher auch keine Angst vor ihr haben konnte. Aber unwillkürlich zogen sich die Muskeln seines ganzen Körpers krampfhaft zusammen, seine Nackenhaare sträubten sich, und mit einem grimmigen Jaulen stieß er geradewegs in den blendenden Tag hinauf. Der Schnee stob wie eine glitzernde Wolke empor. Ehe er noch auf den Füßen landete, sah er das weiße Lager vor sich ausgebreitet und wußte, wo er war. Und alles war plötzlich wieder lebendig vor ihm, was von jenem Augenblick an geschehen war, als ihn Manuel fortgeführt hatte, bis zu dem Schneeloch, in das er sich gestern abend gewühlt hatte.

Ein Ausruf von François empfing ihn. „Was sagen ick?“ rief er Perrault zu. „Der Buck ganz gewißlik lernen schneller wie andere.“

Perrault nickte ernst. Als Kurier der kanadischen Regierung war er oft mit wichtigen Nachrichten betraut und mußte darauf sehen, die besten Hunde zu seiner Verfügung zu haben. Und von allen seinen Erwerbungen freute er sich über Buck am meisten.

Bevor eine Stunde vergangen war, kamen noch drei Eskimohunde zum Gespann, und sie waren nun neun, und nach einer weiteren halben Stunde waren sie schon angeschirrt, und fort ging es auf der Spur nach dem Dyea Canon zu. Buck war froh, als sie das Lager verließen, und obwohl er bald entdeckte, daß die Arbeit eines Schlittenhundes hart war, lehnte er sich nicht dagegen auf. Der Eifer, der das ganze Gespann beseelte, überraschte ihn, Dave und Solleks waren so verändert, daß er sie kaum wiedererkannte. Aus schläfrigen, gleichgültigen Hunden hatten sie sich in lebendige, frische und ausdauernde Tiere verwandelt. Alles, was die Fahrt hinderte, erbitterte sie, und nichts ärgerte sie mehr als ein unnützer Aufenthalt. Die Arbeit im Geschirr schien der höchste Ausdruck ihres Daseins zu sein, dafür lebten sie und nichts anderes erstrebten sie. Dave war „Wheeler“ oder Zughund, vor ihm lief Buck, dann folgten Solleks und der Rest des Gespannes. Als erster lief Spitz, der Leithund.

Buck war mit Absicht zwischen Dave und Solleks eingespannt worden, damit er lernen konnte. Er war ein fähiger und gelehriger Schüler, sie aber ebenso gute Lehrmeister, die ihn auf jeden Fehler aufmerksam machten und ihren Lehren mit scharfen Zähnen Nachdruck verliehen. Dave war ein feiner Kerl und sehr klug. Er kniff Buck nie ohne Grund, und da ihn François' Peitsche unterstützte, lehnte sich Buck nicht dagegen auf. Einmal, während eines kurzen Haltens, verwickelte er sich in die Stränge, sofort warfen sich Dave und Solleks auf ihn und versetzten ihm einen Denkzettel, daß ihm Hören und Sehen verging. Buck war nun vorsichtig und hielt die Stränge in Ordnung, und bevor der Tag um war, meisterte er seine Aufgabe bereits so gut, daß seine Gefährten nicht mehr nach ihm schnappen mußten. Die Peitsche hinter ihm klatschte weniger oft, und Perrault klopfte ihm sogar freundlich auf den Rücken, als er abends die Pfoten der Hunde untersuchte.

Es war ein schwerer Tagesmarsch. Sie fuhren über die Baumgrenze hinaus über Gletscher und hundert Fuß hohe Schneewächten. Sie überquerten die große Wasserscheide am Chilcoot, die das Salzwasser vom Süßwasser trennt, sie kamen zu einer Seenkette, die die Krater erloschener Vulkane ausfüllt, und spät am Abend erreichten sie das riesige Lager am Bennet-See, wo Tausende von Goldwäschern auf das Aufbrechen des Eises im Frühling warteten. Wieder machte sich Buck ein Loch in den Schnee und schlief den Schlaf des Gerechten, wurde aber nur allzu früh hinaus in das kalte Dunkel gejagt und mit seinen Gefährten wieder an den Schlitten gespannt.

An diesem Tag legten sie vierzig Meilen zurück, da sie eine ausgefahrene Spur benützen konnten. Am nächsten Tag und an vielen folgenden mußten sie sich ihren Weg selbst bahnen, mühten sich ab und kamen nur langsam vorwärts. Perrault stapfte voran und trat den Schnee mit seinen Schneereifen zusammen, um es dem Gespann leichter zu machen. François lenkte den Schlitten. Manchmal – nicht sehr oft – wechselten sie ab. Perrault hatte es eilig und rühmte sich, die Schneeverhältnisse genau zu kennen, ein Wissen, das unerläßlich war, denn die unter dem Schnee liegende Eisschicht war oft sehr dünn, und an manchen Stellen, meistens über schnellfließenden Gewässern, bildete sich überhaupt keine.

Tag für Tag – endlose Tage – marterte sich Buck in den Strängen. Jeder Tag brachte dasselbe Einerlei. Sie brachen das Lager ab, wenn es noch dunkel war, und beim ersten Morgengrauen hatten sie schon wieder viele Meilen zurückgelegt. Sie schlugen das Lager auf, wenn es dunkel geworden war, die Hunde fraßen ihre kärgliche Fischration und verkrochen sich im Schnee, um zu schlafen. Buck war stets ausgehungert und unersättlich. Seine Tagesration, ein und ein halbes Pfund von gedörrtem Lachs, verschwand wie nichts und genügte nie. Die anderen Hunde erhielten, weil sie nicht so groß und dieses Leben gewöhnt waren, nur ein Pfund und brachten es trotzdem fertig, in guter Verfassung zu bleiben.

Es dauerte nicht lange, und Buck verlor seine Vornehmheit, die sein ganzes früheres Leben charakterisiert hatte. Früher hatte er langsam und bedächtig gefressen, jetzt mußte er seine Fischration so schnell wie möglich hinunterwürgen, sonst schnappten ihm die anderen den Rest weg. Es war vergeudete Kraft, sich dagegen zu wehren. Während er zwei oder drei verjagte, verschwand sein Fisch in den Rachen der anderen. Er mußte seine Nahrung ebenso schnell verschlingen wie sie. Bei Tieren ist der Hunger die stärkste Triebkraft, er setzte sich über alle Sitten hinweg. Buck schaute zu und lernte. Als er Pike, einen der neuen Hunde, einen schlauen Simulanten und Dieb, heimlich eine Scheibe Speck stehlen sah, während ihm Perrault den Rücken zukehrte, folgte er am nächsten Tag diesem Beispiel und suchte mit einer ganzen Speckseite das Weite. Es entstand ein großer Aufruhr, aber niemand verdächtigte ihn. Dub, ein dummer Tölpel, der sich immer erwischen ließ, wurde für Bucks Missetat bestraft.

Dieser erste Diebstahl zeigte, daß Buck fähig war, in der feindlichen Umwelt des Nordlandes weiterzuleben. Ohne diese Anpassungsfähigkeit hätte er bald einen schnellen und schrecklichen Tod gefunden. Er hatte gelernt, daß hier Moral nur ein Hindernis im unbarmherzigen Existenzkampf war. Im Südland, wo Sitte und Anstand herrschten, war es gut und recht, Privateigentum und persönliche Gefühle zu achten, aber wer im Nordland, unter dem Gesetz des Knüppels und der Fangzähne, solche Dinge in Betracht zog, war ein Narr und mußte zugrunde gehen.

Buck konnte das nicht bewußt empfinden, aber er fühlte es instinktiv. Früher hätte er sein Leben für eine gute Sache hingegeben, er hätte sich bedenkenlos eingesetzt für das geringste Eigentum seines Herrn, aber hier wäre ein solches Handeln nicht angebracht gewesen. Der Stock des roten Mannes hatte ihm ein stärkeres und primitiveres Gesetz eingebleut. Er stahl nicht aus Freude am Stehlen, sondern weil sein leerer Magen es verlangte. Er raubte nicht offen, er stahl heimlich und verschlagen, aus Furcht vor dem Stock. Was er tat, geschah, weil er es tun mußte.

Seine Entwicklung, oder vielmehr Rückentwicklung, vollzog sich unheimlich schnell. Seine Muskeln wurden hart wie Stahl, und er wurde unempfindlich gegen jeden gewöhnlichen Schmerz. Das oberste Gebot wurde Sparsamkeit, alles mußte bis aufs äußerste ausgenützt werden. Er konnte alles fressen, und wenn es noch so ekelhaft und unverdaulich war, und war es einmal gefressen, so sogen die Magensäfte auch das letzte, geringste Partikelchen Nährwert daraus, und sein Blut trug es zu allen Teilen seines Körpers und baute damit die zähesten und festesten Gewebe auf. Sicht und Geruch schärften sich, und sein Gehör wurde so fein, daß er im Schlaf den schwächsten Laut vernahm und wußte, ob er Friede oder Gefahr verkündete. Er lernte das Eis, wenn es sich zwischen den Zehen festsetzte, herauszubeißen; und wenn er durstig war und eine dicke Eisschicht das Wasserloch bedeckte, sprang er mit steifen Vorderbeinen darauf und zerschlug es. Seine außergewöhnlichste Fähigkeit aber war es, den Wind zu wittern und für eine Nacht vorauszusagen. Wie ruhig die Luft auch sein mochte, wenn er sich sein Lager unter Bäumen und neben Flußbänken grub, der Sturm, der sich unweigerlich später erhob, fand ihn beharrlich in einem windgeschützten Nest.

Und er lernte nicht nur durch Erfahrung, längst abgestumpfte Instinkte wurden wieder lebendig. Generationen gezähmter, friedlicher Haustiere fielen von ihm ab, und uralte Kenntnisse kamen ganz von selbst, ohne sein Zutun, zum Vorschein, verschwommene Erinnerungen an die Urzeit seiner Rasse, da wilde Hunde in Rudeln den Wald durchstreift und ihre

Beute getötet hatten. Reißen, Aufschlitzen und schnelles Zuschnappen – die Kampfart eines Wolfes – lernte er ganz von selbst. So hatten seine längst vergessenen Vorfahren gekämpft. Und wenn er in den stillen, kalten Nächten wie ein Wolf einen Stern anheulte, so war es nicht seine eigene Stimme, sondern die seiner Ahnen. Buck fand zu sich selbst zurück, und er fand sich, weil die Menschen im Norden ein gelbes Metall entdeckt hatten und weil Manuel nur ein Hilfsgärtner war, der spielte und dessen Lohn dafür nicht ausreichte.

Kapitel 3. - Das wilde Tier

Das Raubtier in Buck war lebendig geworden, und es wurde in der wilden, rauhen Umwelt immer stärker und stärker in ihm. Aber noch war es ein verborgenes, geheimes Wachsen. Instinkt und Klugheit verhinderten eine vorzeitige Entfaltung. Buck war sich auch über die Veränderung in ihm noch nicht im klaren, zuerst mußte er sich in die neuen Verhältnisse einleben. Er begann keinen Streit und ging jeder Gelegenheit eines Kampfes aus dem Weg. Selbst der Haß, den er gegen Spitz empfand, verleitete ihn nicht zu einem verfrühten Angriff.

Dagegen versäumte Spitz nie eine Gelegenheit, seine Stärke zu zeigen, vielleicht weil er in Buck einen gefährlichen Rivalen ahnte. Er fiel Buck ständig an und lauerte darauf, den entscheidenden, Kampf zu beginnen, der nur mit dem Tod des einen oder des anderen enden konnte. Dieser

Kampf hätte schon ziemlich bald ausgetragen werden können, wenn ihn nicht ein ungewöhnlicher Vorfall verhindert hätte.

Eines Tages schlugen sie am Abend ein elendes, ödes Lager am Ufer des Le-Barge-Sees auf. Schneetreiben, ein Sturm, der wie mit weißglühenden Messern schnitt, und frühe Dunkelheit hatten sie gezwungen, den erstbesten Lagerplatz zu nehmen. Hinter ihrem Rücken stieg eine senkrechte Felsmauer auf. Perrault und François lagerten auf dem Eis des Sees, breiteten ihre Schlafsäcke aus und zündeten ein Feuer an. Das Zelt hatten sie in Dyea zurückgelassen, um die Ladung zu erleichtern. Sie warfen ein paar Treibhölzer auf das bescheidene Feuer, das sich in das Eis einfraß und bald wieder verlöschte. Sie aßen ihr kärgliches Abendbrot im Dunkeln.

Dicht unter dem schützenden Felsen grub sich Buck sein Nest. So gemütlich und warm war es dort, daß er es nur widerwillig verließ, als François die am Feuer aufgetauten Fische verteilte. Als Buck wieder zu seiner Schlafstätte zurückkam, fand er sie besetzt. Ein warnendes Knurren sagte ihm, daß Spitz der Eindringling war. Bis jetzt hatte Buck Zusammenstöße mit seinem Feind vermieden, doch dies war zuviel. Das Raubtier in ihm brüllte auf, und er sprang mit einer Wut auf den Leithund los, die ihn selbst überraschte und noch mehr Spitz, der bisher geglaubt hatte, daß sein Rivale ein furchtsamer Kerl sei, der sich nur durch seine Größe behaupten konnte.

Auch François wunderte sich, als die beiden Hunde plötzlich in einem Knäuel aus dem zerstörten Nest herausschossen. Er ahnte den Grund des

Streites und feuerte Buck an. „Faß an“, rief er, „gib's ihm, bei Gott, dem schmutzigen Dieb!“

Spitz hatte es nicht leicht. Buck ließ ihn nicht an sich herankommen. Sie umkreisten einander und suchten nach einer Blöße, um dann zum tödlichen Angriff überzugehen. Es wäre gewiß zu jenem Kampf auf Leben und Tod um die Vorherrschaft gekommen, wenn nicht ein unerwartetes Ereignis die Entscheidung auf lange Zeit hinausgeschoben hätte.

Ein Fluch Perraults, der hohle Schlag eines Stockes auf ein Knochengerüst und schrilles Schmerzensgekläff übertönten auf einmal den Lärm des Kampfes. Das Lager wimmelte plötzlich von schleichenden, struppigen Leibern – halb verhungerten Eskimohunden, die das Lager von irgendeinem Indianerdorf aus gewittert hatten. Während Buck und Spitz die Aufmerksamkeit der anderen auf sich gelenkt hatten, waren sie herangekrochen., und als die zwei Männer mit festen Knüppeln unter sie sprangen, zeigten sie ihre Zähne und wehrten sich. Durch den Geruch des Proviants waren die ausgehungerten Köter in Raserei geraten, sie fielen über eine umgestürzte Kiste her und ließen sich auch durch die hageldicht niedersausenden Hiebe nicht eher vertreiben, bis das letzte Stückchen Speck und die letzte Brotkrume aufgefressen waren.

Als die überraschten Zughunde aus ihren Nestern hervorstoben, stürzten sich die grimmigen Eindringlinge sofort auf sie. Niemals hatte Buck je zuvor solche Biester gesehen. So mager waren sie, daß ihre Knochen durch das Fell zu stechen schienen. Sie sahen aus wie mit schmutzigen Häuten behängte Skelette, ihre Augen brannten, und aus ihren Rachen troff Geifer. Ihr wahnsinniger Hunger machte sie schrecklich, unwiderstehlich.

Beim ersten Ansturm schon wurden die Schlittenhunde gegen die Klippe zurückgefegt. Buck allein wurde von drei Huskies umringt, und ehe er noch zur Besinnung kam, hatten sie ihm die Schulter aufgerissen und zerschlitzt. Billie bellte in hohen, schrillen Tönen. Dave und Solleks, denen das Blut aus vielen Wunden floß, kämpften vereint gegen die heillose Bande. Joe biß wie ein Teufel um sich und zermalmte einem Husky das Vorderbein. Pike machte es sich zunutze, sprang auf das verkrüppelte Tier und brach ihm mit einem blitzschnellen Ruck den Hals. Buck erwischte einen seiner Widersacher an der Kehle, und das Blut rann in sein Maul, als sich seine Zähne in die Gurgel gruben. Der fade Geschmack des Blutes stachelte ihn zu noch größerer Wildheit an. Er warf sich auf einen anderen, als er plötzlich Zähne an seinem Hals spürte. Es war Spitz, der ihn verräterisch von der Seite angegriffen hatte. Endlich gelang es Perrault und François, das Lager zu säubern, und sie eilten ihren Schlittenhunden zu Hilfe. Die wilde Woge halbverhungerter Kreaturen wich vor ihnen zurück, und Buck bekam wieder Luft. Aber nur für einen Augenblick. Die zwei Männer mußten zurücklaufen, denn die Huskies warfen sich wieder auf die Verpflegung. Billie sprang, toll in seiner Angst, über die gesamte Meute hinweg und floh, Pike und Dub folgten ihm auf dem Fuß, hinter ihnen die übrigen. Als Buck ihnen nachsetzen wollte, bemerkte er, wie Spitz von der Seite her auf ihn zusprang, um ihn niederzustoßen. Strauchelte Buck und kam er unter die Masse der Wolfshunde zu liegen, dann war er verloren. Aber es gelang ihm, den Stoß abzuwehren, und er stürmte den anderen nach, auf den See hinaus.

Später sammelten sich die neun Hunde des Gespanns und suchten Schutz im Wald. Obwohl sie nicht verfolgt wurden, befanden sie sich in einer traurigen Lage; es gab keinen, der nicht an vier oder fünf Stellen blutete, manche hatten sogar schwere Verletzungen erlitten. Dub hatte ein zerfetztes Hinterbein. Dolly, die jüngste des Gespanns, hatte eine schlimm aufgerissene Kehle, und Joe war einäugig geworden. Billie, der gutmütige, schrie und wimmerte mit seinem zerbissenen Ohr die ganze Nacht hindurch.

Bei Tagesanbruch schlichen sie in ihr Lager zurück. Die Plünderer waren fort, aber die Männer in einer sehr schlechten Laune, denn die Huskies hatten nicht nur fast die gesamten Vorräte vertilgt, sondern sogar ein Paar von Perraults Elchhaut-Mokassins hinuntergewürgt.

Mehr noch: Die Schlittenriemen waren angefressen, und François' Peitsche war durchgebissen. Als dieser die erbärmlich zugerichteten Hunde erblickte, fing er zu klagen an:

„Ah, ihr braven Burschen", sagte er weich, „wer weiß, ob diese verdammten Biester nicht toll waren. Und ihr alle werdet dann auch toll. Sacredam! Was glaubst du, eh, Perrault?"

Der Kurier schüttelte verstimmt seinen Kopf. Noch vierhundert Meilen waren es bis Dawson, und er konnte sich keine größere Katastrophe vorstellen als tollwütige Hunde im Gespann. Nach zwei Stunden Fluchen und harter Arbeit war das Geschirr wieder in Ordnung, und die Hunde zogen mühselig los. Es war der gefährlichste Teil der Fahrt nach Dawson. Der Dreißigmeilenfluß war auf weite Strecken offen. Seine wilde Strömung verhinderte das Zufrieren, und nur an einigen Stellen hatte sich Eis ansetzen können. Sechs Tage furchtbarer Plackerei bedurfte es, jene schrecklichen dreißig Meilen zurückzulegen. Jeder unbedachte Schritt konnte Hunden und Menschen das Leben kosten. Wohl ein dutzendmal brach Perrault beim Aufspüren des Weges durch die dünne Eisschicht und rettete sich vor dem Versinken nur mit Hilfe einer langen Stange, die er geschickt quer über die Einbruchstelle hielt. Zu allem Unglück waren sie gerade mitten in eine Kältewelle geraten – das Thermometer zeigte fünfzig Grad Fahrenheit unter Null – und jedesmal wenn er einbrach, mußte ein Feuer angemacht werden. Es hätte ihm das Leben gekostet, wenn er seinen vor Kälte erstarrten Körper nicht erwärmt und die steifgefrorenen Kleider nicht wieder aufgetaut hätte. Perrault hatte vor nichts Angst, er war geschickt und mutig, und diese Eigenschaften befähigten ihn, seinen wichtigen und gefahrvollen Beruf auszuüben. Er nahm jedes Risiko auf sich, streckte entschlossen sein verwittertes dürres Gesicht der schneidenden Kälte entgegen und kämpfte unermüdlich vom fahlen Morgengrauen bis in die dunkle Nacht hinein. Sie führten ihren Schlitten hart am Rand des Ufers, das Eis schwankte und krachte verdächtig, und sie wagten nicht anzuhalten, um nicht einzubrechen. Aber einmal geschah es doch, und als man Buck und Dave halb erfroren herauszog, mußte sofort ein Feuer angezündet werden. Eine feste Eisschicht bedeckte die beiden Hunde, und die zwei Männer jagten sie so lange um das Feuer herum, bis das Eis auftaute und sie wieder trocken waren. Sie versengten sich dabei ihr Fell, aber blieben am Leben.

Etwas später versank Spitz und riß die anderen Hunde nach bis auf Buck, der sich mit seinen Vorderpfoten aus Leibeskräften nach rückwärts stemmte. Das Eis ringsum zitterte und krachte und brach berstend. Aber hinter Buck hielt Dave stand und am Schlittenende zog François und brach sich fast die Knöchel. Aber er konnte das Gespann halten.

Ein anderes Mal zerbrach das Eis vor und hinter ihnen. Es war ein Wunder, daß es Perrault gelang, sich auf einen Felsen zu retten. Peitschen und Riemen wurden aneinandergeknotet und Perrault zog die Hunde und den Schlitten einzeln zum Kamm der Klippe empor. Als letzter folgte François. Der Abstieg gestaltete sich fast noch schlimmer, und die Nacht war schon hereingebrochen, als sie wieder an einer sicheren Stelle des Flusses landeten. An diesem Tag hatten sie nur eine Viertelmeile zurückgelegt.

Als sie endlich zum Hootalinqua kamen, der eine sichere Eisdecke hatte, war Buck völlig ausgepumpt. Die übrigen Hunde waren in einer ähnlichen Verfassung. Perrault aber trieb sie von früh bis spät vorwärts, um die verlorene Zeit einzubringen. Am ersten Tag schon legten sie fünfunddreißig Meilen bis zum Großen Lachsfluß zurück; noch weitere fünfunddreißig Meilen, und sie waren beim Kleinen Lachsfluß. Der dritte Tag mit vierzig Meilen brachte sie hinauf zum Fünffingergebirge.

Bucks Sohlen waren nicht so fest und hart wie die der Eskimohunde oder wie die seiner Ahnen, die die Höhlenmenschen auf ihren Wanderungen begleitet hatten. Den ganzen Tag über hinkte er unter rasenden Schmerzen, und wenn abends Rast gemacht wurde, fiel er wie tot hin. Er rührte sich nicht einmal vom Fleck, um seine Fischration zu holen, und François mußte sie ihm bringen. Jeden Abend massierte der Hundeführer eine halbe Stunde lang Bucks Beine, und Perrault opferte sogar das Oberteil seiner eigenen Mokassins und stellte für Buck vier kleine Schuhe her. Das war für den abgerackerten Hund eine große Erleichterung. Eines Morgens verzog sich sogar das sonst so ernste Gesicht Perraults zu einem Grinsen, als François vergaß, Buck seine Schuhe anzuziehen. Buck lag auf dem Rücken und streckte flehend alle vier Beine in die Luft und weigerte sich, ohne seine Mokassins an die Arbeit zu gehen. Später wurden seine Sohlen hart, und die zerfetzten Hundemokassins konnten weggeworfen werden.

Eines Morgens, gerade beim Anschirren, zeigte Dolly, die damals von den Wolfshunden in die Kehle gebissen worden war, ein ganz merkwürdiges Benehmen. Sie brach in ein langgezogenes, schreckliches Wolfsgeheul aus, so daß sich jedem Hund vor Furcht die Haare sträubten, und sprang dann pfeilgerade auf Buck los. Buck hatte noch nie einen tollen Hund gesehen, aber ein panisches Entsetzen jagte ihn fort. Er floh blindlings, und hinter ihm raste die keuchende und schäumende Dolly. Er rannte über den bewaldeten Hügel der Insel, überquerte einen Kanal, den Eisblöcke bedeckten, wechselte auf eine andere Insel hinüber, auf eine dritte, drehte zum Hauptarm des Flusses zurück und schoß in seiner Verzweiflung gerade aus, fort vom Lager. Und immer spürte er dicht hinter sich das Hecheln der tollgewordenen Hündin und hörte ihr fauchendes Knurren. Plötzlich hörte er François mit gellender Stimme seinen Namen rufen, warf sich herum und rannte auf ihn zu. Als er an ihm vorbeigesaust war, ließ der Hundeführer seine Axt auf den Schädel des tollen Köters niederfallen. Buck taumelte, erschöpft und hilflos rang er nach Atem und blieb halb bewußtlos neben dem Schlitten liegen.

Jetzt sah Spitz seine Stunde gekommen. Er sprang auf Buck los, und zweimal gruben sich seine Zähne in das Fell des wehrlosen Hundes. Sie rissen und schlitzten das Fleisch bis auf die Knochen auf. Doch François' Peitsche sauste nieder, und Buck erlebte zu seiner Genugtuung, wie Spitz die ärgsten Prügel erhielt, die der Hundeführer jemals ausgeteilt hatte.

„Dieser Spitz ist ein verdammter Teufel", bemerkte Perrault. „Er wird einmal umbringen diesen Buck."

„Dieses Buck zwei Teufeln in sich", erwiderte François. „Ick beobachten dieses Buck ganze Zeit, ick weiß sicker. Eines ssonnen Tag' er wird verzweifelt wild werden, und dann er werden zerkauen dies Spitz und spucken auf den Schnee. Ssicher. Ick weiß."

Seither lebten die Hunde in offener Feindschaft. Spitz als Leithund und anerkannter Herr des Gespannes fühlte seine Vorrangstellung durch diesen merkwürdigen Südländer gefährdet. Für ihn war jeder Südländer ein minderwertiges Geschöpf, er hatte noch keinen gefunden, der lange vor dem Schlitten gegangen wäre; früher oder später war jeder von ihnen bei der Plackerei, der beißenden Kälte und dem Hunger eingegangen. Buck war eine Ausnahme. Er allein hielt durch, gedieh und war den Huskies an Kraft, Wildheit und Schlauheit ebenbürtig. Er war ein herrischer Hund, aber das wilde Draufgängertum hatte ihm der Stock des roten Mannes herausgeschlagen. In zäher Geduld konnte er seine Zeit abwarten.

Der Kampf um die Vorherrschaft im Gespann mußte kommen. Buck war dazu bereit, denn Stolz und Ehrgeiz hatten ihn gepackt, jener Stolz, der den Hund bis zum letzten Atemzug anhält, der ihn bereit macht, mit Freuden im Geschirr zu verrecken. Es war der Stolz, der Dave bei der Stange hielt, der Solleks mit aller Kraft ziehen ließ, der Stolz, der sie alle ergriff, wenn das Lager abgebrochen wurde, und der aus verdrießlichen, schläfrigen Tieren angespannte, eifrige und ehrgeizige Geschöpfe machte; der Stolz, der sie den ganzen Tag anspornte und der erst nachließ, wenn sie sich abends müde und noch voller Unruhe in ihren Schneenestern verkrochen. Dieser Stolz war es, der Spitz in Wut brachte, wenn die Schlittenhunde unterwegs Fehler machten, sich drückten oder sich morgens zur Zeit des Anspannens versteckten. Und um dieses Stolzes willen fürchtete Spitz den Südländer, in dem er den zukünftigen Leithund ahnte. Buck zeigte immer offener, daß er diese Vorherrschaft anstrebte.

In einer Nacht trat heftiger Schneefall ein, und am Morgen fehlte Pike wie schon öfters. Er schlief geborgen in seinem Nest unterm Schnee. François rief und suchte ihn vergeblich. Spitz wurde wild vor Zorn. Er raste durch das Lager, schnüffelte und grub an jeder verdächtigen Stelle und knurrte so wütend, daß Pike, als er ihn hörte, sich in seinem Versteck noch tiefer verkroch.

Als man ihn endlich doch entdeckte und Spitz auf ihn zuschnellte, um ihn zu züchtigen, warf sich Buck dazwischen. Er war es, der den

Ungehorsamen strafen wollte. Der Angriff kam so überraschend, daß Spitz das Gleichgewicht und den Halt verlor. Pike, der gerade noch kläglich gezittert hatte, gewann angesichts dieser offenen Meuterei seinen Mut zurück und stürzte sich auf den am Boden liegenden Leithund. Buck hatte längst alle Regeln des „fair play" vergessen und sprang ebenfalls auf Spitz. François lachte zwar über den Vorfall, war jedoch so gerecht, daß er mit aller Macht auf Buck einhieb und ihn vertrieb. Jetzt erst konnte Spitz dem Übeltäter die wohlverdiente Strafe geben.

Auch an den folgenden Tagen hörte Buck nicht auf, Spitz die Führerschaft streitig zu machen, aber er tat es nur dann, wenn François nicht in der Nähe war. Die Auflehnung gegen den Leithund zerstörte die Disziplin des Gespanns. Nur Dave und Solleks blieben davon unberührt, aber alle anderen wurden immer ungehorsamer und rebellischer. Es gab fortwährend Zank und Streit, und François hatte keine Ruhe mehr. Er bemühte sich vergeblich, die Ordnung aufrechtzuerhalten, aber er wußte, daß die Auseinandersetzung zwischen Buck und Spitz unvermeidlich war und mit dem Tod des einen enden mußte. Er versuchte, diesen Kampf hinauszuschieben, und mehr als einmal trieb ihn mitten in der Nacht der Lärm streitender Hunde aus seinem Schlafsack, aus Angst vor dem tödlichen Zweikampf der Rivalen. Aber noch war die Zeit dazu nicht gekommen. An einem düsteren, verhangenen Nachmittag zog das Gespann in Dawson ein, und der Kampf hatte noch nicht stattgefunden.

In Dawson waren viele Männer und zahllose Hunde, und Buck sah, daß alle arbeiteten. Es schien zur festgesetzten Ordnung der Dinge zu gehören, daß Hunde arbeiten sollten. Den ganzen Tag zogen sie

Brennholz und Balken, und bis in die Nacht hinein bimmelten die Schellen an den Schlitten. Hier in Dawson hatten die Hunde die Aufgaben der Pferde übernommen. Buck begegnete ein paar Hunden aus dem Süden, aber fast alle gehörten der wilden, wolfsähnlichen Nordlandrasse an. Jede Nacht stimmten sie pünktlich um neun, zwölf und drei Uhr ein infernalisches Geheul an, und Buck fiel in diesen unheimlichen, geisterhaften Gesang mit ein.

Unter dem kaltflammenden Nordlicht, wenn das eisige Licht der Sterne an dem frostdurchschauerten Himmel zu tanzen schien, saßen sie im Kreis und sangen das uralte Lied, das so alt war wie das Geschlecht der Hunde selbst, das Lied von den Leiden und Schmerzen der Welt. Aus der Kehle Bucks schrie der Geist seiner Vorfahren, und der traurige Gesang war erfüllt von dem Weh unzähliger Generationen. Wenn er stöhnte und klagte, so war es die ewige Klage der leidenden Kreatur, jene Klage, in die schon seine wilden Väter ausgebrochen waren; und seine Angst vor dem schrecklichen Geheimnis der Kälte und der Finsternis war schon ihre Angst gewesen.

Sieben Tage nach ihrer Ankunft in Dawson fuhren sie die Abhänge zum Yukon Trail zurück und zogen gegen Dyea und dem Salzwasser zu. Perrault führte Depeschen mit sich, die noch dringender waren als jene, die er gebracht hatte. Der Ehrgeiz hatte ihn gepackt, und er wollte diese Fahrt zur schnellsten des Jahres machen. Die Voraussetzungen waren günstig. Die einwöchige Rast hatte den Hunden ihre Kraft wiedergegeben, und sie waren in bester Verfassung. Die Spur, die sie so mühsam gebahnt hatten, war von den nachfolgenden Gespannen gut ausgefahren worden, auch hatte die Polizei an zwei oder drei Stellen Proviantdepots errichtet, und die Schlitten mußten nicht übermäßig beladen werden.

Am ersten Tag legten sie über fünfzig Meilen zurück, und schon am zweiten Tag erreichten sie den Yukon. François aber hatte mit den Hunden nur Verdruß und Ärger. Die geheime Rebellion Bucks hatte das Gemeinschaftsgefühl des Gespanns zerstört, und Spitz fehlte die Macht, sich Geltung zu verschaffen. Er war kein Führer mehr, dem sich alle unterwarfen. Die Aufrührer fanden bei Buck Unterstützung, die frühere Scheu vor Spitz wich, und die Hunde fühlten sich ihm ebenbürtig. Pike raubte offen dem Leithund seine halbe Fischration, und Buck beschützte den Dieb. Ein anderes Mal lehnten sich Dub und Joe gegen eine wohlverdiente Strafe auf, drehten den Spieß um und gingen auf Spitz los. Selbst Billie, der sonst so gutmütige, winselte weniger erbarmungswürdig als früher und zeigte rebellische Gelüste. Wenn Buck in die Nähe des Leithundes kam, knurrte er drohend, und seine Nackenhaare sträubten sich. Buck war ein Unruhestifter geworden, und immer öfter forderte er Spitz prahlerisch heraus.

Je mehr die Disziplin nachließ, um so streitsüchtiger wurde das Gespann, und manchmal glich das Lager einem Tollhaus. Selbst Dave und Solleks, die sich um alle diese Dinge wenig kümmerten, wurden reizbar und empfindlich. François' Fluchen half nur wenig, und wenn er auch oft in ohnmächtiger Wut auf den Boden stampfte und seine Peitsche mitten in die Meute niedersausen ließ, nützte es nichts. Sobald er ihr den Rücken kehrte, ging es von neuem los. François wußte genau, daß Buck hinter diesem Aufruhr steckte, aber er konnte ihn nie auf frischer Tat ertappen.

Vor dem Schlitten erfüllte Buck gewissenhaft seine Pflichten, die Plage im Gespann war ihm längst zum Vergnügen geworden. Aber noch größer war die versteckte Lust, Verwirrung zu stiften und die Stränge in Unordnung zu bringen.

An der Mündung des Takhenaflusses, abends nach dem Essen, stöberte Dub einen Schneehasen auf, verfehlte ihn aber. Innerhalb einer Sekunde beteiligte sich das ganze Gespann an der Jagd, und etwa fünfzig Hunde aus einem nahegelegenen Lager der Nordwest-Polizei schlossen sich an. Der Hase rannte den Fluß hinunter, bog in einen kleinen Bach ein, auf dessen Eis-und Schneedecke er weiterlief. Er sprang leichtfüßig über den Schnee, während die schweren Pfoten der Hunde tief einsanken. Buck lief an der Spitze des Rudels. Im fahlen, weißen Mondlicht fegte sein machtvoller Körper über die weiße Schneedecke, aber er kam dem Hasen nicht näher.

Jener Instinkt, der die Menschen von Zeit zu Zeit aus ihren lärmerfüllten Städten hinaus in die Wälder auf die Jagd treibt, die gleiche Mordlust, die gleiche Freude am Töten ergriff auch Buck, nur war sie ihm unendlich vertrauter, seinem Wesen zutiefst entsprechend. Er stürmte und hetzte das Wild, das lebende Fleisch, um es mit seinen Zähnen niederzureißen und die Schnauze im warmen Blut baden zu können.

Spitz, der auch in so aufregenden Momenten kalt und berechnend blieb, verließ das Rudel und schnitt den großen Bogen ab, den der Bach machte. Buck hatte nichts gemerkt. Er stürmte um die Biegung, als sich plötzlich ein weißer Schatten vom höhergelegenen Ufer herab auf seine Beute warf.

Es war Spitz. Der Hase konnte nicht mehr wenden, er schrie wie ein Mensch in Todesnot auf, als die weißblitzenden Zähne sein Rückgrat brachen. Seinen Todesschrei beantworteten die Hunde mit einem höllischen Freudengeheul.

Das war zuviel für Buck. Wie besessen fuhr er auf Spitz los, verfehlte aber seine Kehle. Sie überschlugen sich und stürzten beide in den aufstiebenden Pulverschnee. Spitz kam sofort wieder auf die Beine und riß Buck die Schulter auf. Zweimal schnappten seine Zähne zusammen wie die Stahlbügel einer Falle, dann sprang er mit verzerrten Lippen und einem heiseren Knurren zurück.

Buck erkannte blitzschnell: Die Stunde der Entscheidung war da. Jetzt ging es um Leben und Tod. Als sie sich jaulend, mit zurückgelegten Ohren umkreisten und angespannt die Bewegungen des anderen belauerten, empfand es Buck wie etwas längst Vertrautes. Uralte Instinkte wurden in ihm wach. So war es immer schon gewesen: die weißen, schweigenden Wälder, das weiße, schweigende Land im Mondlicht und die Schauer wilder Kampflust. Eine geisterhafte Stille lag über dem fahlen Schnee. Nicht der leiseste Lufthauch bewegte sich, kein Blatt zitterte, nur der Atem der Hunde stieg langsam in die frostige Luft auf. Sie hatten längst mit dem Schneehasen kurzen Prozeß gemacht und umkreisten nun erwartungsvoll die beiden Rivalen. Diese Köter waren im Grunde nichts anderes als gezähmte Wölfe, lautlos zogen sie den Kreis enger, ihr heißer Atem hing in der kalten Luft wie eine große Wolke, und das grüne Licht ihrer Augen zeigte unverhohlene Gier. Für Buck war dies alles weder neu noch seltsam. Seit jeher spielten sich die Dinge so ab, so und nicht anders.

Spitz war ein erfahrener Kämpfer. Von Spitzbergen bis Kanada hatte er sich gegen alle Hunde behauptet und war ihrer Herr geworden. Niemals wurde er blind in seiner Wut. Er wollte seinen Gegner in Stücke reißen und unschädlich machen, aber er vergaß nicht, daß auch sein Gegner dasselbe wollte. Niemals griff er an, ohne sich gleichzeitig zu decken, er wehrte den Ansturm ab und ging dann erst selber los.

Vergeblich suchte Buck seine Zähne in den Nacken des Gegners zu graben, Spitz gab ihm keine Chance. Wenn immer Buck nach der Kehle des weißen Hundes fuhr, mußte er sich blutend zurückziehen, und er entschloß sich, seine Taktik zu ändern. Er versuchte, Spitz in die Flanken zu kommen, aber nur seine eigenen Schultern wurden zerfetzt und aufgerissen. Noch immer war Spitz unverletzt, Buck aber schon blutüberströmt und wild hechelnd.

Schweigend, regungslos wartete um sie der Kreis wölfischer Hunde.

Als Buck immer erschöpfter wurde, warf sich Spitz auf ihn. Er griff seinen Gegner so hart an, daß Buck taumelte. Schon fuhr der Kreis der Zuschauer auf, aber noch einmal gelang es Buck, das Gleichgewicht zu halten, und die Hunde sanken wieder nieder.

Aber Buck hatte eine Eigenschaft, die seine zukünftige Größe bedingte. Er kämpfte nicht nur aus Instinkt, er gebrauchte seinen Kopf und seine Klugheit.

Der Kampf wurde verzweifelt, und Buck wußte, daß er nicht mehr lange durchhalten konnte. Wieder fuhr er an die Kehle seines Feindes, im letzten Augenblick ließ er sich aber auf den Schnee niederfallen, seine Kiefer schlossen sich um das linke Vorderbein des Leithundes, und der Knochen brach knirschend. Spitz heulte auf, er besaß nur mehr drei heile Pfoten. Aber auch auf drei heilen Pfoten hielt er sich, er strauchelte nicht einmal. Dreimal sprang ihn Buck vergebens an, dann wiederholte er den Trick und brach auch das rechte Vorderbein. Die Hunde kamen näher und näher, der Kreis verengte sich mehr und mehr. Spitz wußte, was dies bedeutete, er wußte, daß er keine Hoffnung mehr hatte, schon fühlte er den Atem der Meute und hörte das gierige Hecheln ringsum. Er raffte sich auf, und Buck griff sofort an. Spitz konnte nicht mehr ausweichen und keinen Widerstand mehr leisten. Der Kampf war entschieden, Spitz hatte ihn verloren.

Der dunkle Kreis wurde zu einem schwarzen Knäuel sich drängender Hunde inmitten der mondbeschienenen, weißen Ebene. Buck stand abseits, einsam, allein: Er war der Sieger.

Kapitel 4. - Der Sieger

Oh, was sag ick? Ick sprechen warr, wenn ick sagen, in dies Buck sein zwei Teufel.“

Das sagte François am nächsten Morgen, als er Spitz vermißte und Bucks Wunden entdeckte. Er zog ihn ans Feuer und untersuchte die Verletzungen.

„Dies Spitz kämpfen wie Teufel“, meinte Perrault kopfschüttelnd.

„Und dies Buck kämpfen wie zwei Teufel“, antwortete François, „aber jetzt wir schnell vorwärtskommen. Kein Spitz mehr, kein Ärger, sicker.“

Perrault packte die Lagerausrüstung und belud den Schlitten, der Hundeführer begann die Hunde anzuschirren. Buck hinkte zu dem Platz, den der weiße Hund als Führer innegehabt hatte, aber François beachtete ihn nicht und brachte Solleks an die Spitze. Seiner Meinung nach war Solleks der beste verfügbare Leithund. Buck sprang wütend auf Solleks los, trieb ihn zurück und stellte sich an seinen Platz.

„Eh, eh?“ rief François und schlug sich amüsiert auf die Schenkel. „Schau dir dies Buck an. Er töten dies Spitz, er glauben, auch seine Stelle nehmen.“ Dann schrie er Buck an: „Scher dich fort, du Teufel!“

Aber Buck dachte nicht daran, dem Befehl zu gehorchen. François packte ihn am Genick, zog ihn trotz seines drohenden Knurrens fort und ersetzte ihn durch Solleks. Der alte Hund gehorchte nicht gerne und zeigte deutlich, daß er vor Buck Angst hatte. Doch François gab nicht nach, kaum aber hatte er sich umgedreht, verjagte Buck wieder Solleks.

Nun wurde François böse.

„Bei Gott, ick schlagen dick!“ schrie er und griff nach einem schweren Stock. Buck dachte an den Mann mit dem roten Sweater, zog sich widerwillig zurück und mußte zusehen, wie Solleks wieder an die Spitze gebracht wurde. Er umkreiste François erbittert und vor Wut knurrend, aber vorsichtig außerhalb der Reichweite des Stockes, jederzeit bereit auszuweichen, wenn ihn François auf ihn schleudern sollte.

François setzte das Anschirren fort, doch als Buck an die Reihe kommen sollte, rief er ihn vergeblich. Selbst als François den Knüppel weggeworfen hatte, kam Buck nicht näher, er verweigerte offen den Gehorsam. Er wollte entweder Leithund sein oder – nichts mehr.

Perrault hatte nicht mehr Glück als François. Sie hetzten Buck eine geschlagene Stunde hin und her. Sie warfen ihm Knüppel nach. Er duckte sich. Sie verfluchten nicht nur ihn, sondern auch seine Väter und Mütter, seine Kindeskinder, jedes Haar an seinem Körper und jeden Blutstropfen in seinen Adern. Buck beantwortete die Flüche mit Knurren und blieb außer ihrer Reichweite. Er lief nicht fort, er umkreiste das Lager und gab deutlich zu verstehen, daß er jederzeit bereit war, folgsam zurückzukommen, wenn sein Wunsch erfüllt wurde.

François setzte sich nieder und kratzte sich den Schädel. Perrault schaute auf seine Uhr und schimpfte. Seit einer geschlagenen Stunde sollten sie schon auf dem Weg sein, François kratzte sich noch immer seinen Kopf und grinste ratlos seinen Kameraden an. Der Kurier zuckte die Schultern und gab sich geschlagen. François stand auf, ging zu Solleks und rief nach

Buck. Buck lachte nach Hundeart, kam aber nicht näher. Der Hundeführer löste Solleks' Stränge, führte ihn an seinen früheren Platz zurück und wartete. Wer aber nicht kam, war Buck.

„Wirf den Stock weg!“ rief Perrault.

François befolgte den Rat, und sofort trottete Buck herbei und stellte sich lachend und triumphierend an die Spitze des Gespanns. Seine Stränge wurden festgemacht, und der Schlitten sauste los, so schnell, daß beide Männer kaum folgen konnten.

In Buck steckten nicht nur zwei Teufel, wie die Männer festgestellt hatten, er war auch ein vorzüglicher Leithund. François hatte Spitz als Leithund hoch eingeschätzt, aber er mußte zugeben, daß Buck seinem früheren Rivalen weit überlegen war, besonders, wenn es auf Urteilsvermögen, schnelles Denken und Handeln ankam. Dave und Solleks berührte der Wechsel des Leithundes nicht. Ihre Arbeit war es, zu ziehen und nichts als zu ziehen. Solange sie daran nicht gehindert wurden, kümmerten sie sich um nichts, was geschah. Ihretwegen hätte sogar der gutmütige Billie führen können, wenn nur die Ordnung nicht darunter litt. Der Rest des Gespanns aber war in der letzten Zeit unlenksam geworden, und zu ihrem Erstaunen fanden sie in Buck einen strengen Führer, der die Ordnung wieder herstellte.

Pike, der hinter Buck lief und niemals mehr Kräfte verschwendete, als unumgänglich notwendig war, wurde so oft wegen Faulheit durchgebeutelt, daß er, noch ehe der Tag um war, sich in die Stränge legte wie nie zuvor in seinem Leben. Am ersten Abend schon erhielt Joe, den Spitz nie hatte unterwerfen können, seinen Denkzettel. Buck drückte ihn einfach mit seinem Riesengewicht nieder und zerzauste ihn, bis Joe zu beißen aufhörte und um Erbarmen winselte.

Der Ton im Gespann verbesserte sich. Es gewann seine ehemalige Ordnung wieder, und die Hunde zogen in ihrer alten Einmütigkeit an den Strängen. Bei den Rink-Stromschnellen kamen noch zwei einheimische Wolfshunde, Teek und Koona, zum Gespann, und die Schnelligkeit, mit der sie Buck anlernte, raubte François fast den Atem.

„Nie solch Hund gehabt wie dies Buck", schrie er. „No, nie! Er wert tausend Dollar, bei Gott! Eh? Was sagst du, Perrault?"

Perrault nickte bloß. Er hatte den Rekord jetzt schon gebrochen und gewann Tag für Tag einen größeren Vorsprung. Die Strecke war in einem ausgezeichneten Zustand, festgetreten und hart, und kein Neuschnee behinderte sie. Es war nicht zu kalt. Die Männer fuhren und rannten abwechselnd, und die Hunde zogen gleichmäßig vorwärts, und es gab nur selten Atempausen.

Der Dreißigmeilenfluß war verhältnismäßig gut mit Eis bedeckt, und sie legten jene Strecke, zu der sie bei der Herfahrt zehn Tage gebraucht hatten, jetzt in einem Tag zurück. In einem Zug bewältigten sie die sechzig Meilen vom Le-Barge-See zu den White-Horse-Stromschnellen. Eine Seenkette, siebzig Meilen lang, folgte, und das Gespann raste so schnell vorwärts, daß François, der gerade neben dem Schlitten lief, kaum mehr folgen konnte und sich am Seil nachziehen lassen mußte. Am letzten Abend der zweiten Woche überstiegen sie den Weißen Paß und glitten den Küstenhang hinunter und sahen die Lichter von Skaguay und seinem Hafen aufblitzen.

Es war eine Rekordfahrt! Vierzehn Tage lang hatten sie täglich durchschnittlich vierzig Meilen zurückgelegt. Drei Tage lang stolzierten Perrault und François mit geschwellter Brust die Hauptstraße von Skaguay auf und ab und wurden mit Einladungen zu Drinks überschüttet, während das Gespann der ständige Mittelpunkt einer Menge von Hundeliebhabern war. Erst als drei oder vier Rowdies, die versucht hatten, die Stadt zu plündern, wie Pfefferkisten durchlöchert wurden, ließ das allgemeine Interesse an den Hunden wieder nach. Bald darauf kamen amtliche Befehle, und die beiden Schlittenführer erhielten andere Aufgaben. Als sich François von Buck verabschiedete, schlang er seinen Arm um ihn und weinte. Wie so viele andere Menschen verschwanden François und Perrault für immer aus Bucks Leben.

Ein schottisches Halbblut übernahm Buck und seine Gefährten, und zusammen mit einem Dutzend anderer Hundegespanne fuhren sie die mühsame Strecke nach Dawson zurück. Das war kein leichtes Laufen mehr, keine Rekordfahrt, sondern harte Arbeit vor einer schweren Last. Sie führten den Postschlitten, der den Männern, die in der Polargegend Gold suchten, Nachrichten aus der zivilisierten Welt brachte.

Buck gefiel dieses Leben nicht, aber er hielt willig durch und setzte seinen Stolz darein, daß jeder Hund seines Gespannes seine Pflicht tat. Es war ein eintöniges Leben. Ein Tag glich dem anderen. Zur gleichen Zeit an jedem Morgen standen die Köche auf, Feuer wurden angezündet, und die Männer frühstückten. Einige brachen das Lager ab, andere schirrten die Hunde an, und eine Stunde vor dem Morgengrauen waren sie schon unterwegs. Abends wurde das Lager wieder aufgebaut. Man stellte die Zelte auf, schnitt Brennholz und sammelte Fichtenäste für die Betten und schleppte Wasser oder Eis für die Küche. Die Hunde wurden gefüttert, und wenn sie ihren Anteil gefressen hatten, lungerten sie noch mit ihren Kameraden eine Stunde im Lager umher. Streitbare Gesellen waren unter ihnen, aber drei Kämpfe genügten, um auch die wildesten unter ihnen von Bucks Überlegenheit zu überzeugen. Wenn er seine Zähne fletschte, ging ihm jeder aus dem Weg.

Am liebsten lag er nahe am Feuer, die Hinterbeine unter den Körper gezogen, die Vorderbeine ausgestreckt. Er blinzelte träumerisch in die Flammen. Manchmal wanderten seine Gedanken zum großen Haus seiner sonnigen Heimat zurück, zu Bella, der Mexikanerin, und Toot, dem japanischen Mops, aber viel häufiger noch erinnerte er sich an den roten Mann, an den Tod Curlys, an den großen Kampf mit Spitz und an die guten Dinge, die er gefressen hatte oder gern fressen wollte. Aber er hatte kein Heimweh. Das Sonnenland erschien ihm nur sehr undeutlich und entfernt, und die Erinnerungen daran berührten ihn kaum. Weit mächtiger waren die Erinnerungen seiner Vorfahren. So lange hatte ihr Erbe in ihm geschlafen, und nun erwachte es und wurde wieder lebendig.

Wenn er manchmal da so kauerte und in die Flammen blinzelte, schien es ihm, daß die Flammen von einem anderen Feuer waren und daß bei diesem anderen Feuer ein anderer Mann als das Halbblut neben ihm saß. Dieser andere Mann hatte kürzere Beine und längere Arme mit Muskeln, die sehnig und knotig waren. Das Haar dieses Mannes war lang und wirr verfilzt, und seine Stirn wich unter ihnen zurück. Er stieß seltsame Laute aus und schien große Angst vor dem Dunkel zu haben, in das er unaufhörlich starrte. Seine Hand, die weit über die Knie reichte, umkrampfte einen Stock, der einen schweren Stein am Ende trug. Der Mann war fast nackt, nur ein zerrissenes, feuerversengtes Fell hing über seine Schultern herab. Der Körper war mit Haaren bedeckt, über der Brust und an den Schultern und auf der Außenseite der Arme und Schenkel waren sie dick wie ein Pelz. Er stand nicht aufrecht, sondern mit vorgeneigtem Oberkörper und auf Beinen, die sich in den Knien bogen. Diesen Körper belebte eine fast katzenähnliche Spannkraft und Elastizität, eine Wachsamkeit, die aus der ständigen Furcht vor sichtbaren und unsichtbaren Dingen kommt.

Ein anderes Mal wieder hockte dieser haarige Mann mit dem Kopf zwischen den Beinen am Feuer und schlief. Seine Ellbogen ruhten auf den Knien, seine Hände schlossen sich über dem Kopf, als wollte er mit den haarigen Armen den Regen abhalten. Und jenseits des Feuers, in der umgebenden Dunkelheit, konnte Buck viele glühende Kohlen sehen, zwei und zwei, immer zwei und zwei, und er wußte, daß es die Augen wilder Tiere waren. Und er hörte das Knacken des Unterholzes und hörte, wie sie umherschlichen. Und so lag Buck träumend am Ufer des Yukon, starrte schläfrig in das Feuer, und die Laute und Bilder einer fernen Welt ließen sein Rückenhaar sich sträuben, und er winselte leise und unterdrückt, bis ihn das Halbblut anrief: „He du, Buck, wach auf!“ Dann verschwanden diese Bilder, und die Wirklichkeit trat wieder in ihre Rechte; er gähnte und streckte sich, als ob er geschlafen hätte.

Die Fahrt mit dem Postschlitten war hart, und die schwere Arbeit zehrte an den Kräften des Gespanns. Sie hatten an Gewicht verloren und waren in elender Verfassung, als sie in Dawson eintrafen. Eine Rast von mindestens einer Woche hätten sie dringend nötig gehabt, aber schon zwei Tage später mußten sie, mit Briefen und Paketen beladen, den Rückweg antreten. Die Hunde waren müde, die Führer müde. Noch dazu schneite es jeden Tag. Die Bahn war weich und das Ziehen harte Arbeit für die Hunde. Die Leute sorgten, so gut sie es konnten, für die Tiere.

Jeden Abend wurden zuerst die Hunde betreut. Sie bekamen ihre Mahlzeit zuerst, dann aßen die Männer, und keiner von ihnen ging schlafen, ehe er nicht die Pfoten seiner Hunde untersucht hatte. Trotzdem nahmen ihre Kräfte ständig ab. Seit Beginn des Winters hatten sie achtzehnhundert Meilen zurückgelegt und ihren schweren Schlitten gezogen; achtzehnhundert Meilen mußten auch dem Zähesten in die Beine gehen. Buck hielt durch, feuerte seine Gefährten zur Arbeit an und sorgte für Ordnung, obwohl auch er erschöpft war. Billie klagte und winselte jede Nacht. Joe war verdrießlicher denn je, und Solleks durfte man sich überhaupt nicht nähern, weder auf seiner blinden noch auf seiner anderen Seite. Von allen aber litt Dave am meisten. Etwas war bei ihm nicht in Ordnung. Er wurde immer mürrischer und gereizter und machte sich, wenn das Lager aufgeschlagen wurde, sofort sein Nest, wo ihn sein Lenker füttern mußte. Sobald er ausgeschirrt war und am Boden lag, stand er nicht wieder auf bis morgens, wenn er zum Schlitten mußte.

Manchmal heulte er vor Schmerz auf, mitten auf der Straße, wenn das Gespann ruckartig zum Stillstand kam oder von neuem losfuhr und die Stränge sich straffzogen. Die Lenker untersuchten ihn, konnten aber nichts finden. Alle Männer interessierten sich für seinen Fall. Sie sprachen von Dave zur Essenszeit und wenn sie ihre Pfeifen vor dem Schlafengehen rauchten. Eines Abends holten sie ihn aus seinem Nest und brachten ihn ans Feuer. Sie tasteten seinen Körper ab, und obwohl er immer wieder kläglich aufheulte, fanden sie nichts, keinen gebrochenen Knochen, keine innere Verletzung. Aber irgend etwas stimmte nicht mit Dave.

Als man die Cassiar Bay erreichte, war er so schwach, daß er immer wieder in den Strängen zusammenbrach. Das schottische Halbblut ließ halten, nahm ihn aus dem Gespann heraus, und an seine Stelle trat Solleks. Dave sollte sich ausruhen und frei hinter dem Schlitten herlaufen. Aber so elend er auch war, Dave wollte sich nicht ausspannen lassen, er knurrte und grollte, als die Stränge gelöst wurden, und winselte herzzerreißend, als er Solleks auf seinem Platz sah, auf dem er so lange treu gedient hatte. Selbst als Todkranker konnte er es nicht ertragen, daß ein anderer seine Dienste verrichten sollte.

Als der Schlitten anlief, stolperte er in dem weichen Schnee neben Solleks her, schnappte nach ihm und versuchte, ihn aus der Spur zu stoßen, um selbst wieder an seine Stelle zu springen. Er jaulte kläglich. Das Halbblut wollte ihn mit der Peitsche wegtreiben, aber Dave kümmerte sich nicht darum, und der Hundeführer brachte es nicht übers Herz, ihn zu schlagen. Eine Zeitlang schleppte sich Dave noch weiter, dann stolperte er und blieb liegen und heulte jämmerlich, als der lange Schlittenzug an ihm vorüberglitt.

Noch einmal raffte er sich auf und mühte sich hinter den Gespannen ab, bis sie anhielten. Er taumelte zu seinem Schlitten und blieb neben Solleks stehen. Nur einen Augenblick ließ der Lenker den Hund aus den Augen, als er sich bei seinem Hintermann Feuer für seine Pfeife holte. Als er zurückkam und die Hunde antrieb, begannen sie zu ziehen, blieben aber sofort wieder verblüfft stehen, und verblüfft war auch der Treiber. Der Schlitten hatte sich nicht vom Fleck gerührt. Das Halbblut rief seine Kameraden herbei: Dave hatte beide Stränge Solleks' durchgebissen und stand nun vor dem Schlitten an seinem richtigen Platz.

Er bettelte mit seinen Augen, und das Halbblut starrte ratlos auf ihn. Seine Kameraden erzählten, daß einem Hund das Herz brechen konnte, wenn man ihn von seiner gewohnten Arbeit nahm, und sie erzählten von Hunden, zu alt für die Schinderei oder verletzt, die eingegangen waren, als man sie vom Gespann ausgeschlossen hatte. Und da Dave todkrank war und da ihn nichts mehr retten konnte, wäre es barmherziger, ihn zufrieden und glücklich mitten in seiner harten Arbeit sterben zu lassen. Dave wurde wieder angeschirrt, und stolz trabte er wie früher dem Schlitten voraus, obwohl er immer wieder qualvoll aufheulte, wenn der Schmerz in seinem Körper allzu wütend biß. Er stolperte immer wieder, und einmal gingen die Schlittenkufen über seine Hinterbeine hinweg, und er konnte nur mehr hinkend weiterziehen.

Aber er hielt aus, bis das Lager erreicht war und sein Lenker ihm am Feuer einen Platz zurechtmachte. Der Morgen fand ihn zu schwach, um aufzustehen. Um die Anschirrzeit versuchte er, zu seinem Treiber zu kriechen. Mit unsäglicher Mühe kam er auf die Füße, taumelte und fiel wieder hin. Sein ganzes Sinnen ging dorthin, wo seine Kameraden waren. Er schob die Vorderbeine voraus und schleppte den Körper ruckartig nach, bis ihn die Kräfte endgültig verließen. Er blieb, nach Atem ringend, im Schnee liegen, seinen versagenden Blick sehnsüchtig auf das Gespann gerichtet. Das war das Letzte, was seine Gefährten von ihm sahen. Sie verloren ihn hinter einem Hügel aus den Augen, aber noch immer konnten sie sein trauriges, klägliches Heulen hören. Der Schlittenzug hielt an. Das Halbblut ging langsam in der Spur zurück. Die Männer hörten zu sprechen auf. Ein Revolverschuß, und der Mann kam eilig zurück. Die Peitschen klatschten, die kleinen Glocken bimmelten hell, und die Schlitten fuhren weiter; aber Buck und jeder Hund wußte, was hinter dem Felsen geschehen war.

Kapitel 5. - Die Schrecken des langen Pfades

Dreißig Tage nachdem sie Dawson verlassen hatten, kamen die Postschlitten mit Buck und seinen Gefährten in Skaguay an. Sie waren in einem elenden Zustand, übermüdet und abgerackert. Bucks hundertvierzig Pfund waren auf hundertfünfzehn zusammengeschrumpft. Die anderen hatten im Verhältnis zu ihrer Größe noch mehr Gewicht verloren. Pike, der so oft in seinem Leben ein wundes

Bein vorgetäuscht hatte, hinkte nun wirklich. Solleks lahmte, und Dub hatte ein verrenktes Schulterblatt.

Ihre Pfoten waren zerfetzt und wund, und den Sprunggelenken fehlte jede Spannkraft. Schwerfällig trotteten sie vor dem Schlitten und brauchten die doppelte Kraft, ihn zu ziehen. Das war keine gewöhnliche Müdigkeit mehr, von der man sich nach ein paar Ruhestunden erholt hat. Nach wochenlanger Überanstrengung waren ihre Körper erschlafft, und alle Kraftreserven fehlten. Sie konnten nicht mehr. Ihre Muskeln versagten, jede Faser, jede Sehne ihres Körpers war schlaff und kraftlos. In weniger als fünf Monaten hatten sie zweitausendfünfhundert Meilen zurückgelegt, und die Rasttage waren viel zu kurz gewesen. Als sie in Skaguay ankamen, stolperten sie auf ihren letzten Beinen. Sie waren kaum mehr imstande, die Stränge straff zu halten, und beim Bergabgleiten kamen sie fast unter die Kufen.

„Oh, ihr armen, armen Kerle“, redete ihnen das Halbblut zu, als sie die Hauptstraße hinuntertorkelten. „Gleich sind wir da! Dann gibt’s eine lange Rast. Ganz sicher! Eine verdammt lange Rast!“

Alle Kuriere hofften auf eine lange Rast. Wer zwölfhundert Meilen neben dem Schlitten herläuft, hat sich ehrlich seine Erholung verdient. Aber es sollte anders kommen. Dort oben in Klondike lebten allzu viele Männer, die auf Nachricht warteten, und allzu viele Frauen und Kinder warteten im Süden auf Nachricht von ihren Gatten und Vätern. Dazu kamen noch amtliche Schriftstücke. Die wartende Post hatte sich wahrhaftig zu einem

Riesenberg aufgestapelt. Die Hunde waren für eine neue Fahrt nicht mehr tauglich, und sie mußten durch neue ersetzt werden.

Drei Tage vergingen, und Buck und seine Gefährten merkten erst jetzt, wie übermüdet und schwach sie waren. Am Morgen des vierten Tages erschienen zwei Männer aus den Staaten und kauften sie in Bausch und Bogen um einen Pappenstiel. Sie nannten sich Hal und Charles. Charles war ein Mann mittleren Alters, leicht gebräunt, mit schwachen, wäßrigen Augen. Sein mächtiger Schnurrbart konnte die schlaff herabhängenden Lippen nicht verbergen. Hal dagegen war ein Kerl von neunzehn oder zwanzig Jahren, der an seinem Gürtel einen großen Revolver und ein Jagdmesser hängen hatte. Dieser mit Patronen gespickte Gürtel war das einzig Bemerkenswerte an ihm, er verriet seine schier strafbare Unreife. In ihrer Gesellschaft war auch eine Frau, Mercedes hieß sie, und sie nannte Charles ihren Mann und Hal ihren Bruder. Beide Männer waren hier fremd und paßten auch nicht ins Nordland.

Buck hörte dem Schachern zu, sah, wie zwischen den Männern und dem Regierungskurier Geld gewechselt wurde, und wußte nun, daß das Halbblut und die anderen Schlittenlenker ebenso aus seinem Leben verschwinden würden wie Perrault und François. Als Buck mit seinen Gefährten zum Lager seiner neuen Besitzer getrieben wurde, fand er dort eine heillose Wirtschaft. Das Zelt war unordentlich gespannt, das Eßgeschirr schmutzig und alles verschlampt und ungepflegt.

Buck sah ihnen neugierig zu, wie sie sich umständlich daranmachten, das Zelt abzureißen und die Schlitten zu beladen. Jede Erfahrung fehlte ihnen.

Das Zelt wurde zu einem plumpen Bündel zusammengerollt, das dreimal so groß war, als es hätte sein dürfen. Das Geschirr wurde, wie es war, schmutzig und ungespült auf den Schlitten geworfen. Anstatt zu helfen, stand Mercedes den Männern nur im Weg, sie rannte bald dorthin, bald dahin, redete ohne Unterbrechung und tat doch nichts.

Wenn sie einen Kleidersack vorne auf den Schlitten legten, schlug sie vor, ihn hinten anzubringen, und wenn sie ihn dann rückwärts verstaut und bereits ein paar Bündel darauf verschnürt hatten, entdeckte sie, daß zuunterst Dinge lagen, die sie notwendig brauchte. Also wurde wieder umgepackt.

Die Männer vom Nachbarzelt beobachteten dieses unsinnige Getue und zwinkerten sich gegenseitig zu.

„Ihr habt da eine ganz schöne Ladung beisammen“, sagte einer von ihnen, „es geht mich zwar nichts an, aber ich an eurer Stelle würde das Zelt nicht mitschleppen.“

„Nicht daran zu denken!“ schrie Mercedes und rang theatralisch die Hände. „Ich kann doch ohne Zelt nicht auskommen!“

„Aber ja, es wird schon gehen, es ist Frühling, und das kalte Wetter ist vorbei“, erwiderte der Mann.

Sie schüttelte entschieden den Kopf und legte die letzten Kleinigkeiten auf die Riesenladung.

„Glaubt ihr, daß ihr damit weiterkommt?“ fragte ein anderer.

„Warum nicht?“ entgegnete Charles kurz angebunden.

„Schon gut, schon gut. Ich erlaube mir nur, mich zu wundern, es scheint mir eine Kleinigkeit zu schwer.“

Charles kehrte ihm den Rücken zu und zog die Verschnürung fest, so gut er es konnte, das heißt, er zog sie nur sehr ungenügend fest.

„Das alles sollen die Hunde ziehen?“ fragte ein Neuankommender.

„Selbstverständlich! Dazu sind sie ja da!“ antwortete Hal eisig und hob die Peitsche. „Hüh!“ schrie er. „Hüh! Vorwärts!“

Die Hunde zogen mit aller Kraft an, mußten aber wieder aussetzen. Der Schlitten hatte sich nicht von der Stelle gerührt.

„Ihr faulen Biester, ich werd’s euch schon zeigen!“ schrie Hal und holte mit der Peitsche zum Schlag aus.

Mercedes fiel ihm in den Arm und beschwor ihn: „O Hal, bitte nicht schlagen, das darfst du nicht!“ Sie versuchte, ihm die Peitsche zu entwinden. „Ihr armen Lieblinge! Du mußt mir versprechen, den Rest der Fahrt nicht so streng mit ihnen zu sein, sonst gehe ich keinen Schritt weiter.“

„Was weißt denn du von Hunden?“ antwortete ihr Bruder grob. „Laß mich zufrieden! Sie sind faul, sie brauchen die Peitsche. Das kann dir jeder sagen. Frag nur einen dieser Männer!“

Mercedes blickte flehend um sich, und in ihrem hübschen Gesicht stand die Abneigung gegen häßliche Dinge geschrieben.

„Sie sind zu schwach, das ist alles, wenn ihr’s wissen wollt“, antwortete einer von den Umstehenden. „Höllisch abgerackert sind sie. Ruhe brauchen sie.“

„Rutsch mir mit deiner Ruhe den Buckel runter!“ rief der milchgesichtige Hal. Mercedes sagte entsetzt „Oh!“, ob aus Mitgefühl für die Hunde oder wegen der ordinären Ausdrucksweise ihres Bruders blieb dahingestellt. Aber da sie Familienstolz besaß, kam sie trotzdem ihrem Bruder sofort zu Hilfe.

„Kümmere dich nicht um den Mann. Die Hunde gehören uns, und was wir mit ihnen tun, ist unsere Sache.“

Und wieder sauste Hals Peitsche auf die Hunde nieder. Noch einmal warfen sie sich verzweifelt in die Stränge und setzten ihre ganze Kraft ein. Aber der Schlitten steckte fest, als ob er verankert wäre. Nach dem zweiten Versuch standen sie keuchend still. Zum drittenmal pfiff die Peitsche durch die Luft. Das war für Mercedes zuviel. Sie warf sich vor

Buck auf die Knie, Tränen in den Augen, und schlang die Arme um seinen Nacken.

„Ihr armen, armen Lieblinge“, rief sie, „zieht doch, dann schlägt euch niemand!“

Buck wußte mit diesen Liebkosungen nichts anzufangen, sie waren ihm zuwider. Aber er war viel zu müde, sich dagegen zu wehren.

Einer der Zuschauer, der bisher nur mit Mühe seinen Unwillen unterdrückt hatte, brach jetzt los: „Ich scher mich einen blauen Teufel um euch und was aus euch wird, aber die Hunde tun mir leid. Seht ihr denn nicht, ihr gottverlassenen Kerle, daß der Schlitten festsitzt! Brecht ihn zuerst los, dann könnt ihr weitersehen.“

Widerwillig, etwas beschämt, folgte Hal dem Rat, und mit Hilfe seines Schwagers brach er die Kufen los. Trotzdem kam der überladene, schlecht bepackte Schlitten nur mühsam vorwärts, auch die Schläge, die wahllos auf die Hunde niederfielen, halfen nichts. Hundert Yards weiter bog der Pfad ab und fiel steil zur Hauptstraße hinunter. Selbst für einen erfahrenen Mann wäre es nicht leicht gewesen, den hochbeladenen Schlitten im Gleichgewicht zu halten, für Hal war es ein Ding der Unmöglichkeit. Als sie in die Kurve einschwenkten, kippte der Schlitten um, und die halbe Ladung rollte auf die Straße. Die Hunde, wütend über die schlechte Behandlung, sahen wohl die Bescherung, aber es fiel ihnen nicht ein anzuhalten, im Gegenteil, sie begannen unter Bucks Führung ein rasendes Tempo vorzulegen. Hal schrie, aber sie hörten nicht auf ihn. Er strauchelte und verlor den Halt. Der umgekippte Schlitten schleifte unter dem Gejohle der Zuschauer die Straße hinab, zu beiden Seiten fiel die Ladung herunter und säumte die Straße ein.

Ein paar gutherzige Leute hielten die Hunde auf und sammelten die zerstreuten Habseligkeiten. Dann aber redeten sie mit den drei Besitzern ein ernstes Wort: Halbe Ladung, doppelt soviele Hunde, dann wäre es vielleicht möglich, Dawson zu erreichen. Hal samt Schwester und Schwager hörten unwillig zu, bequemten sich aber, auszupacken. Die seltsamsten Dinge kamen zum Vorschein, über die sich die Umstehenden halb krank lachten. „Wozu braucht ihr Leintücher?" rief einer der Männer. „Halb soviel ist noch zuviel. Schmeißt das Zelt weg und all dies Tellerzeug. Wer, glaubt ihr, wird es euch denn waschen? Guter Gott, meint ihr in einem Schlafwagen zu reisen?"

Mercedes jammerte, als man ihre Kleidersäcke ausleerte. Sie kämpfte um jede Kleinigkeit, und als sie die Aussichtslosigkeit ihres Tuns einsah, setzte sie sich mit verschränkten Armen auf den umgestürzten Schlitten und erklärte, um keinen Preis weiterfahren zu wollen. Aber da niemand Mitleid mit ihr hatte, gab sie den Widerstand auf und warf nicht nur nutzlose Sachen fort, sondern auch solche, die ihre Männer notwendig gebraucht hätten.

Die Ausrüstung war zwar jetzt nur mehr halb so groß, aber noch immer schwer genug. Charles und Hal kauften abends noch sechs Hunde. Zusammen mit den sechs alten und Teek und Koona, den beiden Huskies, die man bei den Rink-Stromschnellen auf der Rekordfahrt erstanden hatte, bestand das Gespann nun aus vierzehn Hunden. Aber die neuen zählten kaum. Einer war ein Neufundländer, drei waren kurzhaarige Jagdhunde und die anderen zwei rassenlose Mischlinge. Sie hatten vom Schlittenführen keine Ahnung, und die alten, erfahrenen Hunde betrachteten sie mit Unwillen. Buck konnte ihnen zur Not beibringen, was sie nicht tun durften, aber was sie tun sollten, sie das zu lehren, war ganz und gar unmöglich. Mit Ausnahme der zwei Bastarde standen sie ihrer wilden Umgebung fremd gegenüber, die schlechte Behandlung hatte sie verwirrt und widerspenstig gemacht, während die beiden stumpfsinnigen Köter nur fürs Fressen Interesse aufbrachten. Es waren trostlose Aussichten.

Die beiden Männer aber sahen das alles nicht, sie waren stolz auf ihr Gespann und überzeugt, ihre Sache groß angelegt zu haben. Sie hatten schon so manchen Schlitten nach Dawson fahren oder von Dawson kommen sehen, aber nie einen Schlitten mit vierzehn Hunden! Es kam ihnen nicht in den Sinn, daß vierzehn Hunde auch fressen wollen und daß man niemals die Nahrung für vierzehn Hunde auf einem Schlitten mitführen kann. Sie hatten die Route auf dem Papier fein säuberlich ausgearbeitet, soviel für einen Hund, soviel Hunde, soviele Tage, und je mehr Hunde, desto schneller die Fahrt. Das war so einfach! Mercedes sah ihnen beim Plänemachen über die Schulter und nickte zustimmend.

Spät am nächsten Morgen führte Buck das lange Gespann die Straße hinauf aus dem Ort. Sein Herz war nicht bei der Sache, und genauso gleichgültig trotteten die anderen Hunde ihm nach. Er war nicht mehr der stolze, ehrgeizige Führer eines stolzen Gespanns. Viermal schon hatte

Buck diesen Weg zurückgelegt, aber noch niemals so abgehetzt und so übermüdet. Die Neulinge waren furchtsam und verstört, und die alten Veteranen hatten kein Vertrauen zu ihren neuen Herren. Buck fühlte, daß er sich auf diese Männer und auf diese Frau nicht verlassen konnte. Sie verstanden nichts, konnten nichts und lernten auch nichts!

Sie waren nachlässig, träge und ohne Ordnung und Disziplin. Die halbe Nacht werkten sie, um ihr schlampiges Lager aufzubauen, und den halben Vormittag, um es wieder abzubrechen und den Schlitten zu beladen, so nachlässig, daß sie tagsüber immer wieder anhalten und die Last umpacken mußten. An manchen Tagen kamen sie nicht einmal zehn Meilen vorwärts, andere vertrödelten sie und brachen überhaupt nicht auf. Es gelang ihnen niemals, mehr als die Hälfte der Entfernung zurückzulegen, die sie als Basis für ihren Hundefuttervorrat angenommen hatten.

Kommende Hungertage waren unvermeidlich. Die Neulinge waren die schwere Arbeit noch nicht gewohnt und verlangten immer mehr zu fressen, und Hal verdoppelte ihre Rationen, um sie anzuspornen. Noch dazu fütterte Mercedes die Tiere heimlich, wenn es den Tränen in ihren hübschen Augen nicht gelang, den Männern größere Portionen für die Hunde abzuschmeicheln. Aber es war ja nicht Futter, das Buck und den Huskies fehlte. Sie brauchten Ruhe, das war alles.

Dann kam der Hunger wirklich. Eines Tages entdeckte Hal, daß das Hundefutter halb verbraucht, der Weg jedoch erst zu einem Drittel zurückgelegt war. Nirgends war zusätzlich Nahrung aufzutreiben, weder mit Geld noch mit guten Worten. Hal kürzte die Rationen und erhöhte gleichzeitig die Tagesleistung. Das erste hätten die Tiere vielleicht noch ausgehalten, das letztere ging über ihre Kräfte.

Als erster schied Dub aus. Armer, ungeschickter Dieb, stets war er erwischt und bestraft worden! Aber er hatte seine Arbeit redlich verrichtet. Niemand kümmerte sich um sein verletztes Schulterblatt, es wurde immer schlechter, und eines Tages erschoß ihn Hal mit seinem großen Revolver. Ein Sprichwort im Nordland sagt, daß ein Hund aus dem Süden bei der Ration eines Huskies an Hunger stirbt. Die sechs Neulinge in Bucks Gespann, die nun nur mehr die halbe Ration eines Huskies erhielten, waren daher bald mit ihrer Kraft am Ende. Eines Morgens fand man den Neufundländer tot am Boden liegen, ihm folgten die drei kurzhaarigen Jagdhunde, die beiden Mischlinge hielten noch eine Zeitlang aus, aber gingen endlich auch ein.

Der Norden war für die Männer und Mercedes ein Land des Zaubers, der Romantik gewesen, die rauhe Wirklichkeit zerstörte aber bald nicht nur ihre Träume, sondern auch ihre guten Sitten. Mercedes weinte nicht mehr über das Elend der Hunde, sie war zu sehr damit beschäftigt, über ihr eigenes zu weinen, sich zu bemitleiden und mit den Männern zu zanken. Mochten sie für alles andere zu müde sein, für einen Streit waren sie niemals zu müde. Ihr Elend machte sie reizbar, und je elender sie sich fühlten, um so streitsüchtiger wurden sie. Die Ruhe und Ausgeglichenheit der echten Nordleute, die harte Entbehrungen mit Geduld und Ausdauer ertragen und friedlich und hilfsbereit bleiben, war diesen Männern und dieser Frau fremd. Je mehr sie leiden mußten, um so unduldsamer wurden sie.

Sie zankten sich vom frühen Morgen bis zum späten Abend. Sie warfen sich gegenseitig Faulheit und Bequemlichkeit vor. Jeder glaubte, seine eigene Leistung sei etwas ganz besonderes, und war tief beleidigt, wenn es die anderen nicht anerkannten. Mercedes stand bald auf der Seite ihres Mannes, bald auf der ihres Bruders, und einem regelrechten Familienstreit stand nichts mehr im Weg, in den auch Väter und Mütter, Vettern und Basen mit hineingezerrt wurden; auch solche, die mit ihrer gegenwärtigen Lage gar nichts, aber schon gar nichts zu tun hatten, gaben Anlaß zu nie endenden Auseinandersetzungen. Konnten sie sich nicht einigen, wer das Brennholz schneiden sollte, beschimpften sie sich gegenseitig. Was, um Himmels willen, hatten die Dramen, die ein Onkel schrieb, mit dem Schneiden von Brennholz zu tun? Über ihrem Zank vergaßen sie alles. Sie vergaßen die Hunde zu füttern, das Feuer anzumachen, das Lager aufzubauen.

Mercedes war stets gekränkt oder fühlte sich beleidigt. Sie war eine hübsche und anlehnungsbedürftige Person und gewöhnt, galant und ritterlich behandelt zu werden. Was sie aber jetzt von ihrem Mann und ihrem Bruder zu hören bekam, hatte mit Ritterlichkeit nicht die geringste Ähnlichkeit mehr. Sie spielte gern die Hilflose und pochte auf Vorrechte, die, wie sie glaubte, einer Frau gebührten. Aber die Männer hatten in der Lage, in der sie sich befanden, keinen Sinn dafür. Längst hatte sie ihr Mitleid mit den Hunden vergessen, sie war müde und fußwund und bestand darauf, auf dem Schlitten zu fahren. Eine hübsche kleine Frau war sie, aber die abgerackerten und halbverhungerten Tiere hatten den Schlitten auch ohne ihr Gewicht kaum mehr schleppen können. Tagelang saß sie oben, bis die Hunde nicht mehr weiterkonnten. Charles und Hal baten sie abzusteigen, befahlen und flehten, und als dies nichts nützte, begann Hal zu fluchen. Mercedes schluchzte nur und rief den Himmel zum Zeugen für die Brutalität ihrer Männer an.

Einmal wandten sie Gewalt an und warfen sie vom Schlitten herunter. Sie taten es aber nicht wieder, denn sie setzte sich wie ein ungezogenes Kind einfach in den Schnee. Sie fuhren weiter, sie aber blieb sitzen. Nach drei Meilen war nichts mehr zu sehen von ihr, und es blieb den Männern nichts anderes übrig, als den Schlitten abzuladen und sie wieder zu holen. Sie saß noch an derselben Stelle.

Das eigene Elend machte sie zu Egoisten. Jeder dachte nur mehr an sich selbst. Die Theorie Hals, man müsse hart werden, bezog er nur auf die anderen, nicht aber auf sich selbst. Als sie bei seiner Schwester und bei seinem Schwager nichts fruchtete, hämmerte er sie den Hunden mit seinem Stock ein. Am Fünffingergebirge war das Hundefutter zu Ende. Eine alte, zahnlose Indianersquaw bot ihnen einige Pfund gefrorener Pferdehaut gegen den Revolver an Hals Gürtel an. Diese alte Haut, die man vor einem halben Jahr einem verhungerten Pferd abgezogen hatte, war ein armseliger Ersatz für die Fischrationen. Den Hunden blieben die Stücke wie hartes Eisen im Magen liegen, eine unverdauliche, haarige Masse.

In all diesem Elend schritt Buck an der Spitze des Gespanns wie in einem bösen Traum. Wenn er sich stark genug fühlte, dann zog er, wenn er nicht mehr konnte, fiel er hin und blieb liegen, bis ihn Peitschenschläge oder Stockhiebe wieder auf die Füße trieben. Er sah jammervoll aus. Der Glanz und die Schönheit seines Fells waren dahin, und die Haare hingen verfilzt und mit Blut verkrustet von seinem Körper. Man konnte jede Rippe an ihm zählen. Nur sein Herz schlug im alten Takt, es konnte nicht gebrochen werden. Der Mann im roten Sweater hatte es ihm gestählt.

Die anderen sechs Hunde sahen nicht anders aus. Sie waren wandelnde Skelette. Ihr Elend war so groß, daß sie die Schläge, die auf sie niederfielen, nicht mehr spürten. Der Schmerz kam ihnen nur mehr schwach und verschwommen zum Bewußtsein. Alles, was sie sahen und hörten, schien sehr weit weg von ihnen zu sein. Sie waren nur mehr ein Haufen Knochen, in denen ein schwacher Lebensfunke zuckte. Wenn angehalten wurde, dann fielen sie wie tot hin, bis die Hiebe sie auf kurze Zeit wieder auf die Beine brachten.

Eines Tages stand der gutmütige Billie nicht mehr auf. An Stelle des verschacherten Revolvers nahm Hal die Axt und schlug Billie den Schädel ein, dann schnitt er die Leiche aus dem Geschirr und zerrte sie beiseite. Buck und seine Gefährten standen daneben, und sie wußten, daß ihr Ende genauso aussehen würde.

Am nächsten Tag schied Koona aus. Fünf von ihnen waren noch übrig: Joe, zu matt, um noch bösartig zu sein; Pike, verkrüppelt und hinkend, der nicht mehr zu simulieren brauchte; der einäugige Solleks, traurig, daß er nur mehr so wenig Kraft zum Ziehen hatte; Teek, der in diesem Winter noch nicht so oft diese Strecke gefahren war und die meisten Schläge erhielt, weil er noch kräftiger war; und an der Spitze des Gespanns Buck, nur mehr ein Schatten seiner selbst.

Es war Frühling geworden, aber weder Hunde noch Menschen merkten es. Jeden Tag ging die Sonne früher auf und später unter. Es dämmerte um drei Uhr morgens, und das Tageslicht verweilte bis zum späten Abend. An dem blanken, strahlenden Himmel hing eine blanke, strahlende Sonne. Lange genug hatte das tote Schweigen des Winters über dem Land gelegen, nun füllte es sich wieder mit Stimmen, mit Stimmen voll von Lebensfreude und Frische und neuer Lust. Der Todesschlaf unter dem Eis, dem Schnee und der beißenden Kälte war vorbei. Der Saft stieg in den Föhren hoch, und die jungen Knospen barsten aus den Weiden-und Espenzweigen hervor. Büsche und Ranken hatten sich mit Grün überzogen. Nachts sangen die Heimchen, und tagsüber raschelte, kroch, krabbelte, huschte und flatterte es in der alten Moos-und Flechtendecke am Boden. Rebhühner schwirrten auf, und das Klopfen der Spechte erfüllte den Wald. Eichhörnchen schwatzten, und Vögel sangen. Mit knatternden Flügelschlägen teilten die Keile der wilden Gänse die Luft auf ihrem Zug nach Norden.

Versteckt unter der verfilzten Decke des vorjährigen Grases rannen unzählige Frühlingsbäche von jedem Hügel. Das Eis auf den Flüssen barst. Und inmitten dieses gewaltigen, pochenden, pulsierenden, neuerwachenden Lebens, unter einer blendenden Sonne, in der sanften, milden Luft wankten, dem Tode nahe, die zwei Männer, die Frau und die Hunde weiter, bis sie John Thorntons Lager am Weißen Fluß erreichten.

Der Schlitten blieb stehen, und die Hunde fielen wie tot nieder. Mercedes trocknete ihre Tränen und lächelte John Thornton an. Hal fluchte ununterbrochen, Charles ließ sich schweigend auf einem Baumstamm nieder. Ganz langsam und vorsichtig setzte er sich, denn jedes Glied schmerzte ihn.

Hal begann zu reden, John Thornton glättete die letzten Unebenheiten an einem Axtgriff aus Birkenholz und arbeitete ruhig weiter, hörte zu, gab einsilbige und kurze Antworten, erteilte Ratschläge, wenn er darum gefragt wurde, obwohl er genau wußte, daß diese Gesellschaft sie doch nicht befolgen würde.

„Die Leute da oben haben uns gesagt, daß das Eis nicht mehr trägt. Aber, wie Sie sehen, sind wir trotzdem da“, triumphierte Hal, und seine Stimme bekam einen höhnischen Beiklang.

„Nur ein Narr geht jetzt noch aufs Eis“, antwortete Thornton. „Die da oben hatten ganz recht. Nicht um alles Gold von Alaska bringt mich jemand auf diesen Fluß!“

„Wir aber gehen!“ rief Hal eigensinnig. „Steh auf, Buck! Auf nach Dawson!“ Er schwang wieder seine Peitsche. „Auf, sage ich! He! Go on!“

Aber das Gespann rührte sich nicht. Lange schon reagierten die Hunde nur mehr auf Schläge, und die Peitsche fiel auch sofort erbarmungslos auf ihre Rücken nieder. John Thornton nagte an seiner Unterlippe. Solleks erhob sich als erster. Teek folgte. Joe winselte vor Schmerzen und versuchte mühselig auf die Beine zu kommen. Pike fiel zweimal nieder, bevor er aufstehen konnte.

Nur Buck bemühte sich nicht. Er lag ruhig dort, wo er hingefallen war. Die Peitsche biß sich in seinen Rücken, immer wieder, er winselte nicht, er regte sich nicht. Ein paarmal schien es, als ob Thornton sprechen wollte, er schwieg aber doch, nur seine Augen wurden feucht. Er stand auf und ging unentschlossen hin und her.

Es war das erste Mal, daß Buck versagte, und es versetzte Hal in Raserei. Er vertauschte die Peitsche mit dem Prügel. Aber Buck rührte sich noch immer nicht. So viel hatte er schon erleiden müssen, daß er die Schläge kaum mehr fühlte.

Plötzlich, ohne Warnung, stieß John Thornton einen Schrei aus, der dem Aufschrei eines wilden Tieres glich, und sprang auf den Mann mit dem Prügel los. Hal taumelte und stürzte wie ein gefällter Baum zu Boden. Mercedes schrie entsetzt auf, Charles aber blieb teilnahmslos. Er rieb seine wäßrigen Augen, er war viel zu müde, um einzugreifen.

John Thornton stand über dem Hund. Er war kreidebleich, und es kostete ihn Mühe, zu sprechen.

„Wenn Sie den Hund noch einmal schlagen, bringe ich Sie um!“ stieß er schließlich mit erstickter Stimme hervor.

„Mit meinem Hund kann ich machen, was ich will“, erwiderte Hal. Er wischte sich das Blut vom Mund. „Weg da, oder es passiert etwas. Ich fahre nach Dawson und damit Schluß!“

Thornton stand zwischen ihm und Buck und machte keine Miene, aus dem Weg zu gehen. Hal zog sein langes Jagdmesser, und Mercedes schrie zuerst auf, dann brach sie in hysterisches Lachen aus. Thornton schlug ihm mit dem Axtgriff das Messer aus der Hand. Als Hal es aufheben wollte, holte er sich blutige Knöchel. Thornton beugte sich nieder, hob das Messer selbst auf und durchschnitt Bucks Stränge.

Hal gab seinen Widerstand auf. Seine Schwester, die halb ohnmächtig in seinen Armen lag, machte ihm genug zu schaffen. Buck war mehr tot als lebendig, was sollte er mit einem Hund machen, der zu nichts mehr zu gebrauchen war?

Einige Minuten später zogen sie mit ihrem Schlitten dem Fluß zu. Buck hörte sie fortfahren und hob schwerfällig den Kopf. Pike führte, Solleks zog an der Stange, zwischen ihnen trotteten Joe und Teek. Alle hinkten und taumelten. Mercedes kauerte auf dem hochbeladenen Schlitten, Hal steuerte, und Charles stolperte hinter ihnen her.

Buck sah dem Zug nach. Thornton kniete neben ihm und suchte mit rauhen und gütigen Händen nach gebrochenen Knochen. Aber er konnte nur Wunden und zahllose Schrammen entdecken. Inzwischen kroch der Schlitten langsam über das Eis des Flusses. Plötzlich versank das Ende im Wasser. Hal klammerte sich in Todesangst vergeblich an die Stange. Sie hörten den schrillen Schrei der Frau, sie sahen Charles umkehren, aber das Eis rundherum brach: Menschen, Hunde und Schlitten verschwanden, und nur ein schwarzes Loch blieb zurück.

John Thornton und Buck blickten einander an. „Armer Teufel“, sagte John Thornton leise, und Buck leckte ihm die Hand.

Kapitel 6. - Um die Liebe eines Menschen

John Thornton hatte sich im vergangenen Dezember die Füße erfroren, und als seine Gefährten den Fluß hinauffuhren, um eine Ladung Schnittholz für Dawson herunterzubringen, hatten sie ihn gut versorgt zurückgelassen.

Er hinkte noch immer leicht, aber bei dem warmen und schönen Wetter wurden seine Füße schnell besser. Die langen Frühlingstage lag Buck am Flußufer, schaute dem vorüberfließenden Wasser nach, lauschte schläfrig auf den Gesang der Vögel, und langsam gewann er seine alte Kraft wieder. Nach dreitausend Meilen eines langen und mühseligen Weges konnte er endlich rasten.

Seine Wunden vernarbten, die Muskeln festigten sich wieder, er setzte Fleisch an. Alle genossen das Nichtstun, auch Thornton und die beiden anderen Hunde, Skeet und Nig. Sie warteten auf das Floß, das sie nach Dawson bringen sollte. Skeet war eine kleine irische Vorstehhündin, die bald mit Buck Freundschaft schloß. Sie war die geborene Pflegeschwester, und in den ersten Tagen, als Buck noch halbtot war, hatte er nicht die Kraft, sich gegen ihre Teilnahme aufzulehnen. Sie leckte und reinigte Bucks Wunden wie eine Katze, die ihre Jungen pflegt. Jeden Morgen gleich nach dem Frühstück fing sie mit ihrem Liebeswerk an, und Buck gewöhnte sich bald daran genauso wie an Thorntons Pflege. Nig, ein großer, schwarzer Hund mit gutmütigen Augen, war ebenfalls freundlich, nur zurückhaltender.

Zu Bucks Erstaunen zeigten diese Hunde keine Eifersucht. Sie waren so großherzig wie ihr Herr. Als Buck seine Kräfte wiedergewann, verleiteten sie ihn zu allen möglichen lustigen Streichen, an denen sich auch Thornton vergnügt beteiligte. So balgte sich Buck in ein neues Leben hinein, und zum erstenmal spürte er Liebe, echte, leidenschaftliche Liebe. Er hatte sie nie kennengelernt, selbst bei seinem ersten Herrn in Santa Clara nicht. An ihn hatte ihn gute und feste Freundschaft gebunden, für die Söhne war er ein Kamerad, für die Enkel ein Spielgefährte gewesen, aber Liebe, fiebernde, brennende Liebe, lernte er erst bei John Thornton kennen.

Dieser Mann hatte sein Leben gerettet, das war schon viel, aber darüber hinaus war er der ideale Herr. Andere Männer sorgten für ihre Hunde, weil es ihre Pflicht war und sie die Tiere zur Arbeit brauchten, John sorgte für sie, weil er sie so liebte, als wären es seine eigenen Kinder. Nie vergaß er sie freundlich anzurufen, mit ihnen zu reden, und oft setzte er sich in ihren Kreis und hielt mit ihnen lange Gespräche, und die Hunde liebten dies genauso wie er. Buck kannte keine größere Freude, als wenn sein Herr ihm rauh und gütig das Fell zerzauste, mit beiden Händen seinen Kopf packte und hin und her beutelte und ihm dabei Schimpfworte wie „alter Lump" oder „verrückter Gauner" ins Ohr flüsterte.

Und Buck erwiderte diese Zärtlichkeiten! Er nahm die Faust des Mannes in sein Maul und drückte sie so fest mit den Zähnen, daß sich ihre Spuren lange auf der Hand abzeichneten. Und so wie für Buck die Schimpfworte zu Koseworten wurden, die er liebte, so wußte Thornton, daß Bucks Bisse nur Liebkosungen waren. Buck verehrte seinen Herrn grenzenlos, er wurde wild vor Glück, wenn dieser ihn ansprach und berührte.

Aber er suchte diese Gunst nicht. Skeet dagegen hatte die Gewohnheit, ihre Nase unter Thorntons Hand zu schieben und so lange anzustoßen, bis sie getätschelt wurde. Nig wiederum legte seinen mächtigen Schädel auf Thorntons Knie. Buck aber genügte es, seinen Herrn aus der Entfernung zu verehren. Stundenlang lag er zu seinen Füßen, schaute zu dem geliebten Gesicht auf und verfolgte jeden flüchtigen Ausdruck und jede geringste Bewegung der Züge. Oft spürte Thornton diesen Blick, drehte sich wortlos um, und ihre Augen begegneten sich in einer stummen Zärtlichkeit.

Lange Zeit nach seiner Rettung folgte Buck seinem Herrn auf Schritt und Tritt und ließ ihn niemals allein. Wenn Thornton das Zelt verließ, blieb er ihm auf den Fersen. Buck hatte Angst, sein Herr könnte wieder aus seinem Leben verschwinden wie Perrault, François und das Halbblut. Selbst im Traum verließ ihn diese Furcht nicht. Wachte er auf, dann kroch er zur Zeltöffnung und lauschte dem Atem seines Herrn.

Aber trotz dieser großen Liebe zu John Thornton, die eine Rückkehr in sein früheres zivilisiertes Leben im Süden bedeutete, lebte in ihm das Ursprüngliche weiter, das im Nordland geweckt worden war. Das Raubtier blieb in ihm lebendig und wirksam. Am Feuer John Thorntons saß kein zahmer Hund aus dem Süden, sondern ein Wesen, das aus der Wildnis kam und ein Teil der Wildnis blieb.

Zahllose Kämpfe mit anderen Hunden hatten an Bucks Körper unzählige Narben hinterlassen. Buck kämpfte jedesmal genauso unerbittlich wie damals mit Spitz. Skeet und Nig waren zu gutmütig, um mit ihnen zu streiten, außerdem gehörten sie zu John Thornton. Aber jeder fremde Hund, so groß und stark er auch sein mochte, mußte Bucks Überlegenheit anerkennen oder er fand sich plötzlich mitten in einem Kampf auf Leben und Tod mit einem schrecklichen Gegner. Buck war erbarmungslos. Er hatte das Gesetz des Nordens kennengelernt, er verpaßte nie einen Vorteil oder räumte das Kampffeld, ehe sein Feind unterlegen war. Er wußte, daß es keinen Mittelweg gab. Das Gesetz hieß: töten oder getötet werden. Mitleid war Schwäche. In dieser primitiven Welt wurde Mitleid als Angst angesehen, und wer das nicht wußte, verlor sein Leben.

Buck war älter als die Tage, die er selbst gelebt hatte; in ihm pulste der gewaltige Rhythmus längst vergangener Zeit. Am Feuer Thorntons lag ein

Hund mit einer breiten Brust und langen, zottigen Haaren, ein Hund aus der Zivilisation, doch hinter ihm standen die Schatten der wilden Vorväter, Halbwölfe, Wölfe, die sich um ihn drängten. Sie waren hungrig nach dem Fleisch, das er fraß, dürsteten nach dem Wasser, das er trank, witterten mit ihm in den Wind, lauschten mit ihm, befahlen ihm, legten sich mit ihm schlafen, träumten mit ihm und wurden selbst Gegenstand seiner Träume.

Diese Schatten forderten so gebieterisch, daß ihm die Menschen und die Ansprüche der Menschen an den gezähmten Hund immer fremder wurden. Aus der Tiefe des Waldes klang ein Ruf, und sooft er diesen geheimnisvoll lockenden Ruf vernahm, überlief ihn ein Schauer, und er fühlte den Trieb, dem Feuer und der von den Menschen niedergetretenen Erde ringsum den Rücken zu kehren und in den Wald zu stürzen, weiter und immer tiefer hinein, wohin und warum, das wußte er nicht und wollte es auch gar nicht wissen. Aber wenn er die weiche, unberührte Erde und die stillen, grünen Schatten des Waldes erreicht hatte, trieb ihn die Liebe zu seinem Herrn wieder zum Feuer zurück.

Thornton war der einzige Mensch, der ihn hielt. Er kümmerte sich um keinen anderen. Besucher mochten ihn loben oder tätscheln, er blieb kalt, und wenn einer allzu zärtlich wurde, ließ er ihn einfach stehen und ging. Als Thorntons Gefährten, Hans und Pete, auf dem langerwarteten Floß ankamen, weigerte sich Buck, sie anzuerkennen, bis er merkte, daß sie zu seinem Herrn gehörten. Dann duldete er sie, aber auf eine Art, als ob er ihnen damit eine Gnade erweisen würde. Sie gehörten zum gleichen Schlag wie Thornton, dachten einfach und sahen klar, und bevor sie noch mit dem Floß in Dawson angekommen waren, verstanden sie Buck und seine Eigenheiten und behandelten ihn anders als die übrigen Hunde.

Die Liebe zu seinem Herrn aber wuchs und wuchs. Thornton allein durfte es sich erlauben, während der Sommerreise einen Packen auf Bucks Schulter zu legen. Nichts war für Buck zu schwierig, wenn Thornton es befahl.

Eines Tages während ihrer Weiterfahrt den Tananafluß hinauf, saßen die drei Männer am Rand einer Klippe, die dreihundert Fuß fast senkrecht auf nackten Stein abfiel. Buck lag neben Thornton. In einer plötzlichen Laune wollte Thornton den Gehorsam seines Hundes prüfen. Hans und Pete sahen zu. Ohne über die Folgen nachzudenken, streckte Thornton die Hand über die gähnende Tiefe und rief: „Spring, Buck!" Im nächsten Augenblick hingen beide beinahe über die Klippe, Thornton hielt sich an den Hund geklammert, der ohne Zögern dem Befehl gefolgt war. Hans und Pete zogen beide mühsam wieder zurück.

„Der Hund ist unheimlich", rief Pete, nachdem sie sich wieder von ihrem Schrecken erholt hatten.

Thornton schüttelte den Kopf. „Nicht unheimlich, wunderbar ist er."

„Ich möchte es keinem raten, dich in seiner Gegenwart anzugehen", meinte Pete.

„Ich auch nicht", bestätigte Hans.

Es sollte in Circle City geschehen, noch ehe ein paar Monate vergangen waren! Der schwarze Burton, ein jähzorniger, bösartiger Bursche, hatte in der Bar Streit mit einem Neuling angefangen, und Thornton wollte Frieden stiften. Buck lag in einer Ecke und beobachtete, den Kopf auf den Pfoten, jede Bewegung seines Herrn, wie er es immer tat. Burton wandte sich gegen Thornton und schlug ohne Warnung auf ihn ein. Thornton taumelte zurück und stürzte gegen den Bartisch.

Was die Anwesenden nun vernahmen, war weder ein Bellen noch ein Kläffen, es war der Wutschrei eines wilden Tieres. Buck sprang Burton an. Der Mann rettete sein Leben durch eine mechanische Abwehrbewegung mit dem Arm. Buck verfehlte die Kehle, und sein Zähne bissen sich nun im Arm fest. Bevor es den Anwesenden gelang, Buck von dem Mann fortzureißen, war dieser bereits furchtbar zugerichtet.

Ein Goldsucher-Meeting, das sofort einberufen wurde, entschied einmütig, daß Buck im Recht gewesen sei. Buck wurde freigesprochen, und von diesem Tage an kannte jeder in Alaska seinen Namen.

Später, im Herbst, rettete Buck noch einmal das Leben seines Herrn. Die drei Partner zogen ein langes, schmales Boot über eine wilde Wasserstrecke bei den Stromschnellen des Vierzigmeilenflusses.

Hans und Pete gingen am Ufer und hielten das Zugtau, Thornton stand im Boot und steuerte es mit einer langen Stange um die Felsen. Buck hielt sich am Ufer aufgeregt und unruhig auf gleicher Höhe mit dem Boot und ließ die Augen nicht von seinem Herrn, der den Männern am Ufer von Zeit zu Zeit Befehle zurief.

An einer besonders schwierigen, felsigen Stelle mußte Thornton das Boot vom Ufer fortstoßen, und Hans ließ das Tau abrollen. Die heftige Strömung riß das Boot sofort stromabwärts, Hans wollte es festhalten, aber der Ruck war zu plötzlich und das Boot kippte um. Thornton flog kopfüber ins Wasser, wurde erbarmungslos weitergerissen und trieb dem gefährlichsten Teil der Stromschnellen zu.

Im selben Augenblick war aber auch Buck im Fluß und überholte Thornton inmitten eines Wirbels von rasendem, überschäumendem Wasser. Als er fühlte, daß Thornton sich hinten an ihn klammerte, wandte sich Buck dem Ufer zu. Aber sie kamen ihm nur langsam näher und wurden viel zu schnell stromabwärts gezogen.

Das unheilbringende, donnernde Brausen und Toben wurde immer lauter, die Strömung immer wilder und reißender. Nur mehr ein kleines Stück, und weißschäumend raste das Wasser durch die spitzen Felsen wie durch die Zähne eines riesigen Kammes. Thornton wußte: Buck konnte mit ihm nicht mehr rechtzeitig das Ufer erreichen. Er klammerte sich verzweifelt an einen Felsen, wurde weitergerissen und auf einen anderen geworfen. Mit beiden Händen krallte er sich fest, ließ Buck los und schrie: „Vorwärts, Buck! Go! Go!“

Buck kämpfte verzweifelt gegen die Strömung, um wieder zu seinem Herrn zu kommen. Noch einmal schrie Thornton: „Weiter, Buck! Go!“

Buck warf den Kopf hoch, dann wandte er sich gehorsam und schwamm ans Ufer. Pete und Hans zogen ihn an Land.

Sie wußten nur zu gut, daß ein Mann in diesen Stromschnellen sich nur wenige Minuten an einem schlüpfrigen Felsen festhalten kann. Keuchend rannten sie am Ufer höher hinauf, banden das Tau, mit dem sie das Boot gezogen hatten, um Bucks Nacken und Schultern. Er warf sich ohne zu überlegen sofort wieder in das reißende Wasser und schwamm mit machtvollen Stößen auf seinen Herrn zu. Aber er verfehlte den Felsen. Hans zog die Leine sofort straff an, Buck wurde unter Wasser gerissen und kam nicht mehr an die Oberfläche, bis er neben den Männern am Ufer lag. Er war halb erstickt, taumelte auf und fiel sofort wieder nieder. Pete und Hans rieben und drückten seinen mächtigen Brustkorb, aber Buck hatte keine Kraft mehr. Doch ein schwacher Hilferuf seines Herrn wirkte auf das Tier wie ein elektrischer Schlag. Buck sprang auf und hetzte am Ufer entlang zu jener Stelle, wo er das erstemal Thorntons Rettung versucht hatte.

Wieder wurde das Seil um seinen Nacken gebunden, und wieder warf er sich in den Strom. Er hatte einmal die Entfernung schlecht berechnet, das zweite Mal machte er sich dessen nicht mehr schuldig. Pete hielt das Tau fest, und Hans rollte es auf. Buck schwamm genau auf seinen Herrn zu, Thornton sah ihn kommen, und als der Hund knapp neben ihm war, warf er beide Arme um den zottigen Nacken. Die Männer am Ufer zogen das Seil straff an, und Buck und Thornton wurden unter Wasser gerissen; halb erstickt, zerschlagen und zerschunden von den spitzen Felsriffen rollten sie ans Land.

Pete und Hans bearbeiteten Thornton, und als er wieder bei Bewußtsein war, galt sein erster Blick Buck. Nig stand neben dem schlaffen, wie leblosen Körper und heulte. Skeet leckte die triefendnasse Schnauze und die geschlossenen Augen. Thornton, der selbst am ganzen Körper zerschlagen war, beugte sich über Buck. Der Hund hatte drei Rippen gebrochen.

„Wir müssen hier bleiben", entschied Thornton.

Und so geschah es. Sie lagerten an Ort und Stelle so lange, bis der Hund wieder vollständig hergestellt war.

Im Winter, als sie wieder in Dawson waren, vollbrachte Buck eine neue Heldentat, nicht so heroisch wie die Rettung aus dem Fluß, aber sie machte seinen Namen in ganz Alaska berühmt.

Thornton und seine Partner hatten schon lange vor, in den noch unberührten Osten zu ziehen, wo noch nicht jedes Fleckchen von Goldgräbern durchwühlt worden war, aber es fehlte ihnen an den nötigen Mitteln.

Eines Tages kam im Eldorado-Saloon die Rede auf Hunde. Jeder der Männer pries die Vorzüge seiner eigenen Hunde. Immer wieder wurde Buck, um den man Thornton beneidete, zum Vergleich herangezogen, und jeder wollte seinen eigenen Hund herausstreichen und Bucks Leistungen herabmindern. Einer der Männer behauptete, sein Hund könne eine Ladung von fünfhundert Pfund auf dem Schlitten ziehen, ein anderer übertrumpfte ihn um hundert Pfund, während ein dritter seinem Tier sogar siebenhundert Pfund zutraute.

„Was wollt ihr", sagte Thornton wegwerfend, „Buck kann tausend ziehen."

„Er kann allein starten und tausend Pfund hundert Yards weit ziehen?" forschte Matthewson, ein Bonanzakönig.

„Jawohl, starten und hundert Yards ziehen", antwortete John Thornton unüberlegt.

„Well!" sagte Matthewson so langsam und bedächtig, daß es alle hören konnten. „Ich wette tausend Dollar, daß er es nicht kann. Da liegen sie." Und großspurig warf er einen Sack mit Goldstaub auf den Schanktisch.

Niemand sprach ein Wort.

Thornton war herausgefordert worden, und er fühlte, wie ihm das Blut in den Kopf stieg. Seine Zunge war mit ihm durchgegangen, denn er wußte ja gar nicht, ob Buck tatsächlich tausend Pfund ziehen konnte. Eine halbe Tonne! Dieses gewaltige Gewicht erschreckte ihn. Er kannte die Kraft seines Hundes und traute ihm diese Leistung zu, aber niemals hatte er daran gedacht, ihn eine solche Last auch wirklich ziehen zu lassen. Thornton besaß keine tausend Dollar, ebensowenig seine Gefährten. Die Augen von einem Dutzend Männer waren auf ihn gerichtet, schweigend und gespannt, und zwangen ihn zu einer Entscheidung.

„Ich habe einen Schlitten mit zwanzig Mehlsäcken draußen stehen. Jeder wiegt fünfzig Pfund. Wir können sofort anfangen!“ sagte Matthewson mit brutaler Offenheit.

Thornton gab keine Antwort. Er wußte nicht, was er sagen sollte. Seine Augen wanderten abwechselnd von einem zum anderen. Da traf sein Blick einen alten Kameraden, Jim O'Brien, einen der erfolgreichsten Männer von Klondike. Und plötzlich war John Thornton fest entschlossen, die Wette anzunehmen.

„Kannst du mir tausend Dollar leihen?“ flüsterte er seinem Freund zu.

„Gewiß“, antwortete O'Brien und warf einen zweiten großen Sack neben dem ersten nieder, „wenn ich auch nicht glaube, daß dein Hund dieses Kunststück fertigbringt.“

Die ganze Gesellschaft strömte auf die Straße. Selbst die Spieler verließen ihre Tische, um zuzusehen und Wetten abzuschließen. Mehrere hundert mit Pelzen bekleidete Männer standen im Kreis um den Schlitten. Es herrschte bittere Kälte – sechzig Grad Fahrenheit unter Null –, und Matthewsons Schlitten hatte schon stundenlang im Schnee gestanden, und die Kufen waren fest angefroren. Ein Streit entstand über den Begriff „allein starten“. O'Brien behauptete, es wäre Thorntons Recht, die Kufen vom gefrorenen Schnee loszubrechen, während Matthewson auf dem Gegenteil bestand.

Da die Mehrheit der Anwesenden sich für Matthewson entschied, schnellte die Quote auf drei zu eins gegen Buck hinauf. Keiner glaubte, daß der Hund dieses Kunststück fertigbringen werde. Thornton war in die Wette hineingetrieben worden, ohne sicher zu sein, daß Bucks Kräfte ausreichen würden, jetzt, da er auf den Schlitten blickte und die zehn Hunde sah, die ihn gezogen hatten, erschien ihm seine Sache fast hoffnungslos.

Matthewson, der Thorntons Zögern bemerkte, rief:

„Drei zu eins! Ich setze noch weitere tausend Dollar gegen Sie, Thornton. Was sagen Sie dazu?“

Seine spöttische Prahlerei weckte in Thornton jenen Kampfgeist, der das Unmögliche für möglich hält und taub gegen alle Vernunftgründe macht. Er rief Hans und Pete zu sich. Aber sie waren arme Teufel, und nur mit Mühe und Not gelang es ihnen, zweihundert Dollar zusammenzukratzen. Es war ihr ganzes Kapital, aber sie setzten es ohne Zögern gegen den hohen Einsatz des Bonanzakönigs.

Die zehn Hunde wurden ausgespannt, und an ihre Stelle trat Buck. Er fühlte die Aufregung, er begriff, daß er auf irgendeine Weise etwas Besonderes für seinen Herrn tun mußte. Ein bewunderndes Gemurmel ging durch die Menge. Buck war vollendet in Form, besaß keine überflüssige Unze Fett, und sein Fell glänzte wie Seide. Seine Rückenhaare sträubten sich aufgeregt. Die mächtige Brust und die schweren Vorderbeine standen im richtigen Verhältnis zu den übrigen Teilen seines

Körpers. Die Leute bestaunten seine stahlharten Muskeln, und die Quoten ermäßigten sich wieder auf zwei zu eins.

„Bei Gott, Herr!“ rief einer der Ansiedler, den man wegen seines Reichtums den König von Skokum nannte. „Ich biete achthundert für ihn. Verstehen Sie, Herr, so wie er da steht.“

Thornton machte eine abweisende Geste und trat an Bucks Seite.

„Ihr dürft nicht an seiner Seite stehen!“ protestierte Matthewson. „Freies Spiel!“

Die Menge wich zurück. Die Stille wurde nur noch durch die aufgeregten Stimmen jener, die noch Wetten abschließen wollten, unterbrochen. Fast niemand setzte auf Buck. Wenn er auch ein wundervolles Tier war – eine halbe Tonne Mehl, nein, das war zuviel!

Thornton kniete an Bucks Seite nieder, nahm seinen Kopf in beide Hände und flüsterte ihm ins Ohr: „Wenn du mich liebst, Buck, wenn du mich liebst!“

Buck verstand und winselte eifrig.

Die Menge schaute verwundert zu. Die leisen Worte Thorntons hörten sich wie eine Beschwörungsformel an. Als er sich erhob, faßte Buck seine Hand mit den Zähnen und ließ sie nur langsam, fast widerstrebend los. Das war seine Antwort.

Thornton trat zurück.

„Nun los, Buck!“ sagte er ruhig.

Buck spannte die Stränge an und lockerte sie wieder, wie er es gelernt hatte. Dann zog er mit einem Ruck scharf nach rechts. Die Ladung erzitterte ein wenig, und das Eis unter den Kufen knirschte. Ein neuerlicher Ruck folgte, diesmal nach links. Das Eis splitterte, die Kufen bewegten sich, der Schlitten war frei.

Die Zuschauer hielten den Atem an.

„Go!“ Wie ein Schuß klang die Stimme Thorntons durch die Stille.

Buck warf sich nach vorne und spannte die Stränge, sein ganzer Körper zog sich bei dieser ungeheuren Anstrengung zusammen, die Muskeln krümmten sich unter dem seidigen Fell wie Lebewesen und schwollen an. Seine mächtige Brust berührte fast den Boden, und seine Klauen rissen lange Furchen in den Schnee. Der Schlitten schwankte, zitterte und bewegte sich zuckend, ganz langsam, wieder ein Stückchen, zehn, zwanzig, dreißig Zoll, und dann kam er ins Gleiten.

Die Männer keuchten vor Aufregung. Thornton rannte hinter dem Schlitten her und ermutigte Buck mit kurzen, aufmunternden Worten. Die Strecke war vorher ausgemessen worden, und als sich der Schlitten dem Stapel Brennholz näherte, der das Ende der hundert Yards anzeigte, begannen die Männer zu schreien. Und als Buck das Ziel passiert hatte und auf Kommando stehenblieb, tobten sie vor Begeisterung. Sogar Matthewson schrie mit. Pelzmützen und Handschuhe flogen in die Luft. Man schüttelte sich die Hände, ganz gleich, ob man sich kannte oder nicht.

John Thornton aber lag neben seinem Hund auf den Knien, zauste ihn und schüttelte ihn hin und her.

„Du Dummkopf, du Strolch, du verfluchter Kerl!“ Der Mann legte sein Gesicht an den Kopf des Hundes, und die Stimme, die Flüche wie Koseworte flüsterte, war so zärtlich, daß die Umstehenden sich verwundert anstarrten.

„Donnerwetter, hören Sie“, rief der König von Skokum, „Herr, ich gebe Ihnen für diesen Hund tausend Dollar, was sage ich, zwölfhundert! Aber der Hund gehört mir!“

Thornton erhob sich. Seine Augen waren feucht. Tränen liefen ihm über die Wangen.

„Herr, gehen Sie zum Teufel mit Ihrem Geld! Das ist das Beste, was Sie tun können!“

Buck faßte mit den Zähnen die Hand seines Herrn und schüttelte sie kräftig.

Die Zuschauer fühlten, daß sie hier nicht länger stören durften. Sie zogen sich schweigend zurück, und keiner wagte es, noch einmal Geld für den Hund zu bieten.

Kapitel 7. - Der Ruf ertönt

Mit den mehr als tausend Dollar, die Buck seinem Herrn in wenigen Minuten verdient hatte, konnten alle dringenden Schulden bezahlt werden, und einer Reise nach dem Osten stand nichts mehr im Wege. Eine sagenhafte Goldmine sollte es dort geben, und ihre Geschichte war so alt wie die Geschichte des Landes. Viele Männer hatten schon nach ihr gesucht, und kaum einer war zurückgekehrt. Geheimnis umgab diese Mine, ein tragisches Geheimnis. Kein Mensch wußte, wer sie entdeckt hatte, selbst die ältesten Überlieferungen reichten nicht so weit zurück. Sterbende Männer schworen auf ihrem Totenbett, daß es diese Mine gab, und bewiesen es mit Goldkörnchen, so groß wie sonst kein Nugget im Nordland. Seit jeher sollte dort eine alte, baufällige Hütte stehen, aber kein Lebender hatte sie je gesehen, und die Toten blieben stumm.

Thornton beschloß, auf gut Glück diese Mine zu suchen. Mit seinen beiden Gefährten Pete und Hans, mit Buck und noch einem halben Dutzend anderer Hunde fuhr er auf seinem Schlitten siebzig Meilen den Yukon hinauf, bog dann rechts ab zum Stuartfluß, dessen Lauf er bis zu seiner Quelle folgte.

John Thornton brauchte die Menschen nicht, und die Wildnis bot ihm keine Schrecken. Mit einer Handvoll Salz und einer Flinte konnte er ein fremdes Land durchstreifen, so lange er wollte. Nach Indianerart, ohne jegliche Hast, erjagte er sich sein Essen, und blieb er erfolglos, wanderte er gleich dem Indianer weiter und wußte, daß er früher oder später Beute finden würde. Auf dieser großen Fahrt in den einsamen Osten nährten sie sich von der Jagd, und auf dem Schlitten lagen nur die Munition und die Ausrüstung. Sie hatten keine Eile, sie hatten Zeit, und kein Kalender drängte sie.

Buck fand an diesem Leben ein unbändiges Vergnügen: Jagen, Fischen und endlose Fahrten durch unbekanntes Land. Manchmal wanderten sie viele Wochen. Tag für Tag zogen die Hunde den Schlitten, um dafür wochenlang wieder im Lager herumzulungern, während die Männer auf ihrer vergeblichen Goldsuche Feuer anmachten und in ihren Pfannen Erde auftauten und auswuschen. Manchmal blieben sie hungrig, manchmal hatten sie im Überfluß, wenn das Wild reichlich war und sie Glück bei der Jagd hatten.

Es wurde Sommer, und Männer und Hunde packten sich ihre Last auf den Rücken, flößten über blaue Gebirgsseen und befuhren unbekannte Flüsse auf schlanken Booten, die sie sich gebaut hatten. Sie wanderten über kahle Berge und durch sonnige Täler, durch Gegenden, die keines Menschen Fußspuren trugen und wo doch Menschen gewesen sein mußten, wenn es die verlassene Hütte und Mine wirklich geben sollte.

Die Monate vergingen. Sie erlebten die Gewitter im Hochsommer und froren beim fahlen Schein der Mitternachtssonne. Sie litten unter den Mücken-und Fliegenschwärmen, und im Schatten von Gletschern pflückten sie Erdbeeren und Blumen, reif und leuchtend wie jene des Südlandes. Im Herbst drangen sie in ein unheimliches Seengebiet vor, in dem wilde Enten und Gänse genistet hatten, das nun verlassen und traurig dalag, den kalten Winden ausgesetzt, ohne das geringste Zeichen von Leben. Eis bildete sich in den Buchten, und eintönig rollten die Wellen an einsame Ufer.

Einen zweiten Winter lang suchten sie, folgten nun den verwischten Spuren von Menschen, die vor ihnen das Land durchzogen hatten. Einmal stießen sie auf einen Pfad, und die verlassene Hütte schien plötzlich sehr nahe zu sein. Aber der Weg begann nirgends, endete nirgends und blieb ein Geheimnis wie die Männer, die ihn angelegt hatten.

Später kamen sie zu einer morschen, alten Hütte, und mitten unter verfaulten Decken lag ein langschäftiges Zündnadelgewehr. Es war ein Erzeugnis der Hudson-Bay-Kompanie aus jener längst vergangenen Zeit, als diese Gewehre noch mit Gold aufgewogen wurden. Nichts sonst war zu finden, nicht der kleinste Hinweis auf den Mann, der diese Hütte errichtet und die Büchse unter den Decken zurückgelassen hatte.

Im nächsten Frühling hatten sie zwar die Hütte noch immer nicht gefunden, dafür aber ein breites Tal, über dessen Sohle eine Schicht Sand, vermischt mit Gold, lagerte. Sie suchten nicht weiter. An jedem Arbeitstag verdienten sie Tausende von Dollars an reinem Staub oder kleinen

Goldkörnern. Das Gold wurde in Säcke aus Elchhaut geschüttet, fünfzig Pfund in jeden Sack, und sie stapelten es wie Brennholz an der Hüttenwand auf.

Sie schufteten wie Zwangsarbeiter, und die Tage vergingen ihnen wie im Traum.

Die Hunde hatten in dieser Zeit nichts zu tun. Sie brachten Thorntons Jagdbeute ins Lager, und damit war ihre Arbeit getan. Buck lag endlose Stunden beim Feuer. Die Vision des kurzbeinigen, behaarten Mannes erschien ihm jetzt häufiger. Und wenn Buck schläfrig in die Flammen blinzelte, wanderte er mit dem haarigen Mann in jene andere Welt, die nur in seiner Erinnerung lebte.

Diese andere Welt beherrschte die Angst. Der haarige Mann schlief beim Feuer mit dem Kopf zwischen den Knien, die Hände darüber gefaltet. Buck sah, wie er immer wieder, aus dem Schlaf aufgeschreckt, angsterfüllt ins Dunkel starrte und mehr Holz in die Flammen warf. Gingen sie über den Strand am Meer, wo der haarige Mann nach Muscheln suchte und sie sofort roh aß, dann wanderten die Augen des Mannes unruhig umher, und er war stets bereit, beim ersten Zeichen einer Gefahr wie der Wind davonzurennen. Lautlos krochen sie durch den Wald, Buck an den Fersen des Mannes, und sie waren gleich wachsam und gleich angespannt, und der haarige Mann konnte genau so gut hören und riechen wie Buck. Der haarige Mann sprang auch auf Bäume, schwang sich von Ast zu Ast und kam dort ebenso schnell vorwärts wie am Boden. Niemals machte er einen falschen Griff, und er war dort, hoch oben in den Bäumen, zu Hause wie auf der Erde.

Und mit der Vision dieses merkwürdigen Menschen aus einer alten Zeit kam zu Buck wieder der Ruf aus den Tiefen der Wälder. Er weckte in Buck eine große Unruhe und eine seltsame, glückliche Sehnsucht. Er hörte ihn ganz deutlich, und ein wildes Verlangen nach irgend etwas, das er noch nicht kannte, packte ihn.

Er lief dem Ruf nach, suchte ihn, als wäre er ein greifbares Wesen, und bellte sanft, werbend oder herausfordernd, je nach seiner Laune. Oft bohrte er seine Nase in das kühle Waldmoos oder in den schwarzen Humus, aus dem lange Gräser wuchsen, und schnaubte vor Freude über den Geruch der fetten Erde; er kroch stundenlang zwischen schwammbewachsenen, geheimnisvollen Strünken gestürzter Bäume umher mit weit offenen Augen und Ohren, und nichts, was sich um ihn bewegte, entging ihm. Er wollte diesen Ruf ergründen, ihn kennenlernen. Buck wußte nicht, warum er dies alles tat, und er dachte auch nicht darüber nach. Der Trieb in ihm zwang ihn unwiderstehlich.

Oft lag er träge vor dem Zelt und döste in der Tageshitze, plötzlich hob er den Kopf, die Ohren spitzten sich, und er mußte aufspringen und fortlaufen. Er lief stundenlang, er lief über Lichtungen und offene Plätze, wo Schwarzbeeren in dichten Büscheln wuchsen. Er folgte den trockenen Wasserläufen und spürte dem Vogelleben nach. Manchen Tag lag er im Unterholz und sah den Rebhühnern zu, wie sie aufschwirrten und umherstolzierten. Aber mehr als all das liebte er es, im matten Zwielicht der Sommermitternächte umherzustöbern, wenn das Leben in den Wäldern zu einem friedlichen und gedämpften Murmeln geworden war. Und immer suchte er nach der geheimnisvollen Stimme, die ihn rief – rief, wenn er wach war und wenn er schlief, und die er immer hörte und nie fand.

Eines Nachts schreckte er aus dem Schlaf auf, er zitterte am ganzen Leib, und seine Rückenhaare sträubten sich. Vom Wald her kam ein Ruf, deutlich und bestimmt wie nie zuvor – ein langgezogenes Heulen, ähnlich dem Heulen der Polarhunde und doch ganz anders. Und Buck erkannte den Ruf wie eine altvertraute Stimme. Er rannte durch das schlafende Lager und brach lautlos in das Gehölz ein. Je näher der Ruf kam, desto vorsichtiger und langsamer schlich er, bis er auf einer Lichtung einen langen, abgemagerten Wolf traf, der seine Nase gegen den Himmel streckte.

Buck bewegte sich nicht, aber der Wolf spürte seine Gegenwart und hörte zu heulen auf. Halb kriechend, den Körper fast an den Boden gedrückt, den Schwanz steil aufgerichtet, kam Buck näher. Jede seiner Bewegungen war drohend und zugleich freundlich und werbend nach Art aller wilden Tiere bei ihrem ersten Zusammentreffen. Der Wolf sprang auf und floh. Buck folgte ihm mit wilden Sätzen und versuchte ihn zu überholen. Er drängte ihn in einen Hohlweg und sperrte ihm den Rückweg ab. Der Wolf wirbelte herum, knurrte und sträubte die Haare, fletschte die Zähne und benahm sich nicht anders als alle anderen Eskimohunde, die Buck kannte.

Buck griff aber nicht an, er umkreiste werbend den Wolf. Der Wolf blieb mißtrauisch, er hatte Angst, denn Buck war viel größer und stärker als er selbst, sein Schädel reichte dem Hund kaum bis zu den Schultern. Plötzlich schoß er pfeilgerade an Buck vorbei, und die Jagd begann von neuem. Immer wieder wurde der Wolf in die Enge getrieben, stellte sich und entkam wieder.

Aber Bucks Hartnäckigkeit wurde belohnt. Der Wolf verlor endlich seine Angst und beschnüffelte ihn. Damit war die Freundschaft geschlossen, sie verloren die Scheu voreinander und balgten sich spielend umher. Nach einer Weile lief der Wolf einen flachen Hang hinab und zeigte deutlich, daß Buck ihm folgen sollte. Er lief bestimmt und ohne Zögern, und so rannten sie Seite an Seite durch das düstere Zwielicht entlang dem Creek, durchquerten eine Schlucht und kamen bis zur Wasserscheide.

Das Land wurde eben, die Wälder waren weitgestreckt und durchzogen von Flüssen. Die Sonne stieg höher, und der Tag wurde wärmer. Stetig, gleichmäßig rannten sie Stunde um Stunde. Buck war glücklich. Er wußte, daß er an der Seite seines wilden Bruders aus den Wäldern dem Ruf folgte, den er so oft gehört und niemals gefunden hatte. Alte Erinnerungen tauchten in ihm auf, als hätte er dies alles schon einmal erlebt, irgendwo in jener anderen Welt, als wiederholte sich etwas, das vor langer Zeit geschehen war. Und so lief Buck, und er lief über eine Erde, die niemals eines Menschen Fuß betreten hatte, und über ihm war der weite, endlose Himmel.

An einem kalten, klaren Bach hielten sie an und tranken, und als er trank, dachte Buck an John Thornton. Er setzte sich nieder. Der Wolf begann weiterzulaufen, weiter zu auf jenen Ort, von woher der Ruf gewiß kam. Als er bemerkte, daß Buck ihm nicht folgte, kehrte er um, beschnüffelte ihn und stieß ihn mit der Nase sanft an. Aber Buck drehte um und lief langsam auf der alten Fährte zurück. Fast eine Stunde rannte sein wilder Bruder leise winselnd neben ihm her. Dann setzte er sich nieder, streckte seine Nase zum Abendhimmel empor und heulte. Es war ein klagendes, schwermütiges Geheul, und Buck hörte es noch lange. Es wurde langsam schwächer und schwächer, bis es sich ganz in der Ferne verlor.

John Thornton saß gerade beim Mittagessen, als Buck ins Lager stürmte, ihn voll rasender Liebe ansprang, umwarf, auf ihm herumkletterte, sein Gesicht beleckte, in seine Nase biß und den Hanswurst spielte, während Thornton den Hund hin und her schüttelte und ihm liebevolle Schimpfworte ins Ohr flüsterte.

Zwei Tage und Nächte verließ Buck das Lager nicht und behielt seinen Herrn ununterbrochen im Auge. Er folgte ihm zu seiner Arbeit, schaute ihm beim Essen zu, begleitete ihn bis ins Zelt und holte ihn morgens wieder heraus.

Aber nach zwei Tagen hörte er den Ruf aus den Wäldern befehlender denn je. Über Buck kam wieder die Unruhe, deren er nicht Herr werden konnte. Er mußte an den wilden Bruder denken, an das heitere Land jenseits der Wasserscheide, an die dunklen Wälder, durch die sie Seite an Seite gerannt waren. Und er verließ das Lager und durchstreifte die

Wälder, aber er suchte vergebens. Der wilde Bruder kam nicht mehr, und so viele lange Nachtwachen auch Buck wartete, er hörte das sehnsüchtige, schwermütige Heulen nicht mehr.

Buck fing an, die Nächte im Wald zu schlafen, und es kam vor, daß er tagelang vom Lager fortblieb; einmal überquerte er die Wasserscheide am Oberlauf des Creek und lief in das Land der Wälder und Ströme. Er wanderte eine Woche lang und suchte vergebens nach frischen Fährten des wilden Bruders. Er zog mit jenem leichten Trott dahin, der nicht müde macht. An einem breiten Strom fischte er nach Lachsen und tötete einen großen, schwarzen Bären, der von Moskitos geblendet hilflos durch die Wälder torkelte. Trotzdem war es ein harter Kampf, und in Buck erwachte eine Wildheit wie nie zuvor in seinem Leben. Als er zwei Tage später zum Kampfplatz zurückkehrte, fand er den Bären von einem Dutzend Vielfraße besetzt, die sich um die Überreste der Beute stritten. Mühelos zerstreute er sie, und jene zwei, die am Kampfplatz zurückblieben, mußten in alle Ewigkeit nicht mehr um ihre Nahrung kämpfen.

Das Raubtier in Buck wuchs. Er riß sich seine Beute allein und ohne Hilfe. In einer feindlichen Umgebung, in der alles Schwache untergeht, blieb er der Sieger. Sein Stolz und Selbstvertrauen wurden immer größer und zeigten sich in allen seinen Bewegungen, im Spiel seiner Muskeln und verliehen seinem wunderschönen Fell einen noch glänzenderen Schimmer.

Hätte er nicht die braunen Flecken auf seiner Schnauze und über den Augen gehabt und ein paar weiße Haarbüschel auf seiner Brust, man hätte ihn leicht mit einem riesigen Wolf verwechseln können. Von seinem Vater, dem Bernhardiner, hatte er die Größe und das Gewicht geerbt, von seiner Mutter, der Schäferhündin, stammten die Leichtigkeit und das schöne Aussehen. Seine Schnauze war etwas länger als die eines Wolfes, aber sein Kopf, wenn auch breiter, war der Kopf eines Wolfes, eines Riesenwolfes.

Seine Schlauheit war die Schlauheit eines Wolfes, seine Intelligenz die Klugheit eines Schäferhundes und eines Bernhardiners. Dazu kamen seine Erfahrungen aus der Schule des harten, erbarmungslosen Nordlandes. Er war den wilden Tieren aus den Wäldern gleichwertig, ja überlegen.

Alle Teile seines Körpers, alle Nerven und Muskeln waren wunderbar aufeinander abgestimmt, und zwischen allen diesen Teilen herrschte eine vollkommene Harmonie.

Auf jeden Laut, auf jeden Vorfall, der eine Tat verlangte, reagierte Buck blitzschnell. Jede seiner Bewegungen war doppelt so schnell wie die der Polarhunde, Entschluß und Ausführung folgten fast gleichzeitig. Seine Muskeln strotzten von Vitalität und waren hart wie Stahlfedern. Wenn Thornton mit der Hand zärtlich über den Rücken des Hundes strich, spürte er ein Knistern, als wäre jedes einzelne Haar elektrisch geladen.

„Nie gab es einen solchen Hund“, sagte John Thornton eines Tages zu seinen Gefährten, als er Buck im Lager herumstreichen sah.

„Als er gegossen wurde, ging die Form entzwei“, meinte Pete.

„Wahrhaftig, das glaub’ ich auch“, setzte Hans hinzu.

Sie sahen ihn das Lager verlassen, sie sahen aber nicht die augenblickliche, schreckliche Veränderung, die mit ihm vorging, sobald ihn das Dunkel des Waldes aufnahm. Er schritt nicht mehr; auf einmal wurde er zum Raubtier, das katzenartig dahinschlich, zu einem gleitenden Schatten, der plötzlich auftauchte und wieder verschwand. Er wußte jede Deckung auszunutzen. Er kroch wie eine Schlange auf dem Bauch, und wie eine Schlange stieß er zu und tötete. Er holte sich das Schneehuhn aus dem Nest und das Kaninchen aus seinem Bau. Die kleinen gestreiften Erdhörnchen schnappte er sich im Flug, wenn sie eine Sekunde zu spät auf den nächsten Baum springen wollten. Er tötete, wenn er hungrig war, nicht aus Lust am Morden. Manchmal spielte er vergnügt wie ein junger Welpe, beschlich die Eichhörnchen, jagte sie und ließ sie wieder laufen, und er empfand eine diebische Freude, wenn sie laut schimpfend in die höchsten Wipfel der Bäume flüchteten.

Als der Herbst kam, tauchten die Elche scharenweise auf und zogen langsam in die tieferen, weniger rauhen Täler, um dort zu überwintern. Buck hatte schon einmal ein vereinzeltes, halbwüchsiges Kalb niedergerissen, aber er wollte eine größere und gefährlichere Beute. Eines Tages stieß er auf eine Herde von zwanzig Tieren, die vom Land der Ströme und der Wälder über die Wasserscheide herübergewechselt waren. Das Leittier war ein außergewöhnlich mächtiger, großer Bulle, und da er sich obendrein in gereizter Stimmung befand, so konnte sich Buck keinen würdigeren Gegner wünschen. Nach allen Seiten stieß er mit seinen riesigen Schaufeln, seine kleinen Augen brannten bösartig, und als Buck auftauchte, fing er sofort zornig zu röhren an. Aus seiner Flanke ragte das gefiederte Ende eines Indianerpfeiles, und seine Wut war begreiflich. Buck hatte noch niemals mit einem Elch gekämpft, aber der Instinkt aus alten Jagdtagen einer urzeitlichen Welt leitete ihn. Er begann den Bullen von der Herde abzusondern, und das war keine leichte Aufgabe. Er bellte und tanzte um ihn herum, aber stets außer Reichweite der mächtigen Schaufeln und der furchtbaren Spalthufe. Die Wut des verwundeten Elchbullen steigerte sich zur Raserei. Er griff Buck an, der geschickt auswich und ihn von den anderen Tieren weglockte. Aber jedesmal wenn der Leitbulle von seiner Herde getrennt wurde, griffen zwei oder drei jüngere Tiere Buck an, und der alte Schaufler fand wieder Anschluß an seine Herde.

Jedes Tier, das sich seine Nahrung selbst erjagen muß, verfügt über eine Geduld, die uns kaum begreiflich ist.

Die Spinne kann endlose Stunden regungslos in ihrem Netz sitzen, die Schlange zusammengerollt auf ihr Opfer lauern und der Panther in seinem Hinterhalt liegen. Buck verfolgte den Bullen mit unendlicher Geduld. Er heftete sich an die Herde, hinderte sie bei ihrer Wanderung und reizte die jungen Bullen, verängstigte die Kühe mit ihren halbwüchsigen Kälbern und machte den verwundeten alten Elch vor hilfloser Wut fast wahnsinnig. Einen halben Tag lang dauerte diese Jagd. Buck war überall zugleich, griff stets an und bedrohte die Herde von allen Seiten und ließ die Tiere nicht mehr zur Ruhe kommen.

Als die Sonne im Nordwesten versank, kamen die jungen Bullen immer zögernder ihrem bedrängten Anführer zu Hilfe. Der nahende Winter trieb sie zu den tiefer gelegenen Ebenen, und es schien, als könnten sie den unermüdlichen Quälgeist, der sie aufhielt, nicht abschütteln. Das Leben der Herde, das Leben der jungen Bullen war nicht bedroht, die Verfolgung galt nur einem von ihnen. Sollten sie um dieses einen willen die ganze Herde in Gefahr bringen?

Die Dämmerung brach herein. Der alte Bulle stand mit gesenktem Haupt allein und verlassen da und blickte seinen Artgenossen nach, die rasch im Zwielicht verschwanden: seinen Kühen, den Kälbern, denen er ein Vater gewesen war, und den Bullen, die er gemeistert hatte. Er konnte nicht folgen, vor seiner Nase tanzte ein erbarmungsloser, zähnefletschender Schrecken. Um dreihundert Pfund mehr als eine halbe Tonne wog der Bulle, er hatte ein langes, starkes Leben gelebt, voll von Kämpfen und Anstrengungen, und nun stand ihm der Tod durch die Zähne eines Tieres bevor, dessen Kopf nicht über seine Knie reichte.

Buck ließ seiner Beute keine Ruhe mehr, keinen Augenblick der Rast. Er hinderte den Bullen, die Blätter der jungen Birken und Weiden abzuäsen, er gab ihm keine Gelegenheit, seinen brennenden Durst in den seichten Flüssen, die sie überquerten, zu stillen. In heller Verzweiflung floh der Elch oft in langen Fluchten davon. Buck versuchte nicht, ihn dann zu stellen, er folgte ihm nur in einem mühelosen, federnden Trab. Wenn der Elch stillstand, legte sich Buck nieder, und er griff ihn wütend an, wenn er äsen oder trinken wollte.

Das große Haupt des Elches senkte sich immer mehr unter seinen gewaltigen Hörnern, und der schlenkernde Gang wurde unsicherer und schwächer. Er blieb sehr oft und lange stehen, die Muffeln berührten fast den Boden, und die gesenkten Lauscher hingen schlaff herab. Buck fand Zeit genug zu rasten und sich mit Wasser zu versorgen. In jenen Augenblicken, wenn Buck keuchend am Boden lag und den Elch nicht aus den Augen ließ, schien es ihm, als hätte sich das Land um ihn verändert. Nicht nur die Elche waren gekommen, er spürte andere, neue Wesen. Er konnte sie nicht sehen, nicht hören und nicht riechen, aber mit einem anderen namenlosen Sinn fühlte er sie. Sie füllten Wälder aus mit ihrer Gegenwart. Buck wußte nicht, wer sie waren, noch wo sie waren, und er beschloß, nach ihnen zu sehen, sobald er seine Beute getötet hatte.

Gegen Ende des vierten Tages riß er den Bullen nieder. Einen Tag und eine Nacht blieb er bei dem erlegten Tier, er fraß und schlief und fraß weiter. Ausgeruht und frisch machte er sich auf den Weg zu John Thornton und dem Lager. Er fiel in den langen, leichten und mühelosen Trott, lief stets geradeaus, ohne jemals in Verlegenheit zu kommen, welche Richtung er einschlagen sollte. Schnurstracks hielt er durch das unbekannte Land auf das Lager zu, mit einer Gewißheit, die jeden Menschen und jede Magnetnadel beschämte.

Das Neue, Unbekannte wurde immer stärker. Es war nicht hier gewesen, während des ganzen Sommers nicht. Buck fühlte es nun nicht mehr unbewußt wie auf der Elchjagd, jetzt war der ganze Wald voll davon. Die Vögel riefen davon, die Eichhörnchen schwätzten darüber, jeder Luftzug erzählte es. Einige Male blieb er stehen und zog die frische Morgenluft ein, und die Botschaft, die sie enthielt, ließ ihn in langen Sätzen weitereilen. Das Gefühl eines drohenden Unheils überkam ihn, eines Unheils, das vielleicht schon geschehen war, und als er dem Lager näher kam, wurde er immer vorsichtiger.

Drei Meilen vorher stieß er auf eine frische Fährte. Seine Rückenhaare sträubten sich, und er bebte am ganzen Körper. Die Fährte führte zum Lager. Er hastete vorwärts, jeden Nerv aufs höchste angespannt. Seine Nase gab ihm eine Vorstellung von den Lebewesen, deren Fährte er folgte, und die Spur erzählte ihm eine Geschichte, nur deren Ende nicht! Er merkte das unheilvolle Schweigen im Wald. Die Vögel hatten sich verzogen, die Eichhörnchen waren in ihren Verstecken. Nur ein einziges sah er, einen schlanken, grauen Körper, der sich flach gegen einen grauen, toten Ast preßte und wie ein Teil davon erschien.

Als Buck wie ein gleitender Schatten dahineilte, nahm er plötzlich etwas wahr, das ihn im vollen Lauf stoppte. Er folgte der neuen Witterung ins Dickicht und fand Nig. Der schwarze Hund lag ausgestreckt am Boden, und aus seinem Körper ragte ein mit Federn verzierter Pfeil.

Hundert Schritte weiter stieß Buck auf einen der Schlittenhunde, die Thornton in Dawson gekauft hatte. Er wälzte sich noch im Todeskampf, und Buck umging ihn, ohne anzuhalten. Vom Lager drang ein schwacher, eintöniger Singsang, der bald anschwoll, bald wieder abebbte. Am Rande der Lichtung fand er Hans auf dem Gesicht liegend und mit Pfeilen bespickt wie ein Stachelschwein mit Stacheln. Buck aber starrte dorthin, wo die Hütte gewesen war, und was er sah, trieb seine Haare auf den Schultern senkrecht in die Höhe. Eine rasende Wut packte ihn. Er wußte nicht, daß er heulte, aber er heulte laut auf mit einer schrecklichen Wildheit. Zum letztenmal in seinem Leben trug die Leidenschaft den Sieg über die Klugheit und Vernunft davon, und es war um seiner großen Liebe zu John Thornton willen, daß er nicht mehr wußte, was er tat.

Es waren Yeehats-Indianer, die vor der niedergebrannten Hütte tanzten und sangen. Sie hörten das unheimliche Geheul und sahen ein Tier auf sich zuspringen, wie sie noch niemals eines gesehen hatten. Buck warf sich, gleich einem lebenden Hurrikan, in wahnsinniger Wut auf sie. Er sprang den vordersten Mann an – es war der Häuptling – und riß ihm die Kehle auf, und als aus der aufgeschlitzten Gurgel eine Blutfontäne hervorschoß, warf er sich auf den nächsten und dann wieder auf einen und noch einen. – Nichts konnte ihn aufhalten. Er tobte inmitten der Indianer, riß, zerfleischte und vernichtete. So schnell und rasend waren seine Bewegungen und so dicht standen seine Opfer, daß sie sich mit ihren Pfeilen nur gegenseitig trafen. Ein junger Krieger warf seinen Speer auf Buck, als ihn dieser anspringen wollte, und traf statt des Hundes einen Indianer mit solcher Gewalt, daß der Speer sich durch den ganzen Körper bohrte. Die Yeehats ergriff ein panischer Schrecken, halb gelähmt vor Angst flohen sie in die Wälder und glaubten, ein böser Geist sei auf ihren Fersen.

Und Buck sah wirklich wie ein Teufel aus; er riß sie auf ihrer Flucht wie Rehe nieder. Es war ein schwarzer Tag für die Yeehats. Sie zerstreuten sich weit und breit über das Land, und erst eine Woche später sammelten sich die letzten Überlebenden in einem niedriger gelegenen Tal.

Buck war der Verfolgung müde geworden. Als er in das verlassene Lager zurückkehrte, fand er Pete, der im ersten Augenblick der Überraschung schlafend in seinen Decken ermordet worden war. Thorntons Verzweiflungskampf las er aus den Fußspuren im Sand, die er bis zum Rand eines tiefen Tümpels verfolgte. Am Ufer lag Skeet, Kopf und Vorderfüße im Wasser, treu bis in den Tod. Was das trübe Wasser selbst enthielt, war nicht zu sehen, aber Buck wußte das Geheimnis, denn John Thorntons Spuren führten hinein, aber nicht mehr heraus.

Den ganzen Tag verbrachte Buck beim Tümpel oder streifte ruhelos im Lager umher. Der Tod war das Ende jeder Bewegung, jeden Lebens, er wußte es. Und er wußte, daß sein Herr tot war. Dieses Wissen hinterließ in ihm eine große Leere, es war wie Hunger, aber es war ein Hunger, der weh tat und der niemals mehr gestillt werden konnte. Wenn er stehenblieb und die Leichen der Yeehats betrachtete, vergaß er diesen Schmerz und ein unbändiger Stolz trat an seine Stelle, ein Stolz, wie er ihn noch nie gefühlt hatte. Er hatte Menschen getötet, das edelste Wild, und er hatte sie getötet nach dem Recht des Stärkeren. Neugierig beschnüffelte er die Toten. Sie waren so leicht zu töten gewesen, es war schwerer, einen Hund zu töten als sie. Ohne ihre Pfeile und Speere waren sie ihm nicht gewachsen. Er würde nie mehr vor ihnen Angst haben und sich nur mehr vor ihnen hüten, wenn sie Waffen in den Händen trugen.

Die Nacht kam. Der Vollmond stieg am Himmel auf und erhob sich hoch über die Bäume, er übergoß das Land mit Licht und tauchte es in einen geisterhaften Schimmer. Noch immer lag Buck trauernd beim Tümpel. Die Nacht war so still, und doch fühlte er, daß die Wälder um ihn nicht mehr verlassen waren. Aber es war nicht die Gegenwart der Yeehats, die er spürte. Lauschend und witternd stand er auf.

Von weither drang ein schwaches, scharfes Kläffen zu ihm, dem ein Chor gleicher Stimmen antwortete. Sie kamen näher und wurden lauter und lauter. Diese Stimmen gehörten jener anderen Welt an, die so hartnäckig in seiner Vorstellung lebte. Er schritt bis in die Mitte der Lichtung und lauschte. Es war der alte, geheimnisvolle Ruf, er klang verlockender und zwingender als jemals. Noch nie vorher war er so bereit gewesen, ihm zu folgen. John Thornton war tot. Das letzte Band war zerrissen. Die Menschen und ihre Forderungen hielten ihn nicht länger.

Auf seinen Jagdzügen war das Wolfsrudel vom Land der Ströme und Wälder in Bucks Tal herübergewechselt. Vom Mondlicht übergossen stand Buck bewegungslos auf der Lichtung wie eine Statue und erwartete sein Kommen. So still und so groß stand er vor ihnen, daß die Wölfe zuerst scheu vor ihm zurückwichen. Nach einer kleinen Weile sprang ihn der Kühnste an. Wie ein Blitz biß Buck zu und brach ihm das Genick. Der besiegte Wolf wälzte sich im Todeskampf, Buck stand wieder regungslos wie vorher. Drei andere griffen ihn hintereinander an, aber jeder von ihnen mußte sich mit blutender Kehle oder zerfetzter Schulter zurückziehen.

Plötzlich ging das ganze Rudel auf ihn los. Sie fielen blindlings über ihn her. Buck erwartete sie. Ohne seine wunderbare Geschicklichkeit und seine Kraft hätte er diesen Kampf verloren, aber er raste umher, hieb zu und war überall zugleich. Er gab sich keine Blöße, so schnell wirbelte er von einem Angreifer zum anderen. Langsam zog er sich zurück, damit die Wölfe ihn nicht von rückwärts anfallen konnten, vorbei am Tümpel und hinein in das Flußbett, bis er auf eine ziemlich hohe Sandbank stieß. Beim Goldwaschen hatten die Männer dort einen scharfen, rechten Winkel ausgehoben und hier, geschützt von drei Seiten, stellte sich Buck wieder den Wölfen.

Und so gut verstand er es, diesen Platz zu halten, daß sich die Wölfe nach einer halben Stunde entmutigt zurückzogen. Die Zungen hingen ihnen aus den Mäulern, im fahlen Mondlicht blitzten ihre Zähne grausam weiß. Einige legten sich nieder, hoben die Köpfe und hielten die Ohren gespitzt, andere blieben stehen und beobachteten Buck. Der Rest des Rudels ging zum Tümpel und leckte gierig Wasser.

Nur einer der Wölfe kam näher, ein magerer, grauer Geselle. Er winselte freundlich, und Buck erkannte in ihm den wilden Bruder wieder, mit dem er eine Nacht und einen Tag gelaufen war. Er antwortete dem leisen Winseln, und sie rieben die Nasen aneinander.

Nun trat ein anderer, alter, hagerer, narbenbedeckter Wolf vor. Buck zog die Lefzen hoch, als wollte er zu knurren anfangen, aber dann beschnüffelten sie sich. Der alte Wolf ließ sich nieder, richtete die Schnauze gegen den Mond und brach in das lange Wolfsgeheul aus. Die anderen Wölfe folgten seinem Beispiel und heulten mit. Buck horchte auf. Das war der Ruf, das war der geheimnisvolle Ruf! Und er setzte sich nieder zu ihnen und sang mit ihnen. Sie hörten auf zu singen, drängten sich an ihn und beschnupperten ihn. Als die Leitwölfe den Lockruf des Rudels begannen, antworteten die Wölfe im Chor und folgten ihren Führern in die Wälder. Und neben seinem wilden Bruder rannte Buck, und er sang wie er das wilde Lied der Wölfe.

Und damit endet die Geschichte von Buck. Es dauerte nur wenige Jahre, da stellten die Yeehats eine merkwürdige Veränderung im Aussehen der Wölfe fest, manche hatten braune Flecken auf den Köpfen und ein weißes Mal auf der Brust.

Aber noch seltsamer ist die Geschichte von einem Geisterhund, der an der Spitze des Rudels laufen soll. Die Yeehats fürchten sich vor ihm, denn er ist schlauer als sie alle. Er bestiehlt ihre Lager, beraubt ihre Fallen und tötet ihre Hunde.

Doch Schrecklicheres erzählt man sich: von Jägern, die nicht mehr zum Lager zurückkommen, von Jägern, die man mit aufgerissener Kehle findet, umgeben von Wolfsspuren, die größer sind als die eines Wolfes. Jeden Herbst, wenn die Yeehats dem Zug der Elche folgen, vermeiden sie eines der Täler. Und die Frauen am Feuer werden traurig, wenn erzählt wird, wie jener böse Geist zum erstenmal dorthin kam.

Die Yeehats aber wissen nichts von jenem einen Besucher, der immer wieder jeden Sommer in das verlassene Tal kommt. Er ist ein großes Tier mit einem prächtigen Fell, er gleicht einem Wolf, und doch ist er anders als alle Wölfe.

Er kommt allein aus dem heiteren Land jenseits der großen Wasserscheide, und er sucht immer wieder dieselbe Lichtung zwischen den Bäumen auf. Aus vermoderten Elchhautsäcken fließt ein glänzender, gelber Strom auf die Erde, hohes Gras wächst dazwischen und Unkraut wuchert darüber. Und auf dieser Lichtung liegt der Wolf regungslos lange Zeit, viele Stunden, als warte er auf etwas, das nie wieder kommt. Und bevor er aus dem Tal läuft, heult er lange und klagend und trauernd.

Aber der Wolf ist nicht immer allein. Wenn die langen Winternächte kommen und die Wölfe aus dem Land der Ströme und Flüsse in die niedriger gelegenen Täler wechseln und den wandernden Elchen folgen, kann man an der Spitze des Rudels ein riesiges, ungeheures Tier, einen riesigen Wolf sehen. Im fahlen Mondlicht, unter dem flimmernden Nordlicht, hebt er seine mächtige Kehle zum Himmel, und er singt das Lied, das uralte Lied der Wölfe.